槐 南 一 梦

——最美的年华留给自己

蓝蓝似水　著

北方联合出版传媒(集团)股份有限公司
春风文艺出版社
·沈阳·

图书在版编目（CIP）数据

槐南一梦：最美的年华留给自己／蓝蓝似水著．——沈阳：春风文艺出版社，2015.1（2024.8重印）
ISBN 978-7-5313-4722-4

Ⅰ.①槐… Ⅱ.①蓝… Ⅲ.①自传体小说—中国—当代 Ⅳ.①I247.5

中国版本图书馆 CIP 数据核字（2014）第 278152 号

槐南一梦：最美的年华留给自己

责任编辑	姚宏越
责任校对	赵丹彤
封面设计	黄　宇
幅面尺寸	145mm×210mm
字　数	154千字
印　张	6.5
版　次	2015年1月第1版
印　次	2024年8月第2次

出版发行	北方联合出版传媒（集团）股份有限公司
	春风文艺出版社
地　址	沈阳市和平区十一纬路25号
邮　编	110003
购书热线	024-23284402
印　刷	永清县晔盛亚胶印有限公司印刷

ISBN 978-7-5313-4722-4　　　　　　　定价：45.00元

常年法律顾问：陈光　版权专有 侵权必究 举报电话：024-23284391
如有质量问题，请与印刷厂联系调换。联系电话：024-23284384

序 言

只要生命还在绵延不息，"庸俗"的爱永远都会是永恒的话题。所以才一直固执地认为上天赋予情感最美妙的东西应该是记忆。因为有了记忆才会有回忆和憧憬。回忆已去的昨天，憧憬未知的明天。

记忆如梦，时而美丽时而忧愁。它美的时候"如一阵春风可融化百年积雪；如一泓清泉可滋润世间万物"。当它忧愁起来，却往往能让人"听不到春雨淅淅沥沥的诗音；看不到夏日奄奄一息的渴望；感觉不到秋木落叶归根的倦意；悟不出冬花冰清玉洁的芬芳"。

记忆，是独立而不受控的，且会像寄生虫一样，寄居在你的身体里。它与生俱来地喜爱天马行空，时而蜗居在你狭隘的心里，时而逃窜到你辽阔的脑海里。

它性格霸道，甚至连招呼也不打，房租也不交。每天你都要小心翼翼地呵护它，生怕哪个服务不周惹它生气了，再去扰乱你平静的生活。它驱之不散、挥之不去，并将永远忠贞不渝地陪伴你，无论你是否愿意。

　　任时光流逝，岁月蹉跎，它的黯然依旧如昨天。任光阴荏苒，韶华如斯，它的光彩不曾改变。任由青春对年少时的不羁报以多么残忍的不满，任由年华对青春期的无知馈以多么惨痛的代价，都未曾抹掉它任何的风华。亘古不变的是它原有的模样和深蓝的色彩。

　　虽然我们生活在同一片蓝天下，可是我们看到的却并非是同样的一个世界。有些记忆可以当作秘密在心灵深处供养；有些记忆却注定了不甘寂寞必须去分享。

　　为了缅怀青春路上的那些日日如梦的似水年华，我把我的笔名起为"蓝蓝似水"，却不知何时才会拥有水一样的性情。

　　但我始终坚信：生活中那一缕温暖的爱的阳光永远都会照耀我们每一个努力活得更好的灵魂。

第一章

20世纪80年代末，我出生在中国东北部的一座县级市小城。这是一座新兴的煤炭工业城市，它西依绵绵燕山，东瞰广阔的辽北平原。

和我一样生于这个时期的人们，还是孩提的时候，就被当时的国人称为"跨世纪的幸运儿"，而台湾地区的人却起了个抽象时髦的名字，叫"草莓族"。

可惜，如今事实证明，人们身不由己地出生在这个时期，确实大多数都有幸跨了世纪，但悲哀的是幸运却不知从何而来。

部分草莓貌似已发霉，还会有那么零星的几颗基因突变长成了奇葩。而我这颗草莓虽未发霉也未长成奇葩，却有幸地开了花。

对这座城市的记忆是从我髫年开始的。七岁之前，我的记忆犹如这个城市煤炭的颜色一样暗淡如墨。而在那之前的大部分事情都是听母亲告诉我的。

母亲出生在半保守半封建的20世纪60年代。跨越了"文革"，经历了改革开放。那时的婚姻大多是几句媒妁之言，被传统的观念洗脑，必须接受安排。没有恋爱，即便有也不敢公开。

　　而在当时，拜金主义刚刚盛行的热浪，却没有将我年轻貌美的母亲拍在沙滩上。母亲脚踏浪花，在沙滩上随机拾起了一片普通的贝壳，就这样选中了我老实本分的父亲。

　　父亲和母亲都是"龙的传人"。虽都是属龙，却有着截然相反的性情。和母亲的温文尔雅相比，父亲的性格则格外刚烈。

　　父亲虽情感粗糙但却是个生活细腻的人，尤其是手上的针线活更是独具一格。他酷爱旅游，用自己大半生的时间踏遍了祖国一多半的大好山河，征服了无数座雄姿奇伟的山峰，眺望了无数如画的风景。

　　直到他年过半百，头发已渐花白，才恍然大悟，其实最好的风景就在眼前，我才是他人生中错过了近三十年的无与伦比的美丽。

　　1985年，当时最红的歌星非费翔莫属。父亲年轻时，长了一张明星脸，每次走在街上，都会有很多人误以为是费翔而上前合照。因此，母亲至死不渝地认定了费翔为她的心中偶像、梦中情人。

　　于是就在这一年的平安夜，伴随着费翔的《让世界充满爱》的歌声，我出生在这年冬天清晨的第一场小雪里，也因此而得名雪。

　　也许就是因为费翔在我呱呱坠地之际一直在唱《让世界充满爱》，所以长大后，我才会变得特别的"有爱"。我却时常在想，如果当时费翔唱了那首传世经典《冬天里的一把火》，出生在冬天的我，性格或许也会变得风风火火。

　　贫穷主宰了父母当时生活的年代。可是除了贫穷，在我看来那同样也是一个拥有着执着的信仰但却幸福指数最高的年代。

因为中国特色所形成的根深蒂固的传统的婆媳关系问题，我出生后不久，父母就带着我一同租住在外。"寄人篱下"的日子总会有很多的委屈和无奈，母亲总是挂在脸上的笑突地隐藏了下来。

在这座看似萧条的城市里，小的时候就时常会听到大人们在街头说："贫穷不是社会主义。"可是贫穷却让原本和善的人变得挑剔。总是遇不到通情达理的房东，不得已曾一度租住在一座土房子里。傍晚的风，无情地刮起，总会从房顶掉下几颗沙粒。日积月累地落进我干枯如草的头发里，足可以筑成"黄河大堤"。

很感谢父母当时的自强不息，才有了我今天的独立。直到小学一年级，我才和父母一起租住在一个带院子的平房里。每次父亲上夜班，母亲总要帮房东洗东西。按照我当时被扭曲了的逻辑，以为不和谐就是社会主义。

在母亲残缺不全的记忆里，我七岁前，母亲一直都在头疼同一个问题。每次和我描述，她都会试图唤起我一丁点儿的记忆，可是我根本忆不起。

母亲说，因为从小对我采取"放养式"的教育，才会导致我从小就是个独立倔强的孩子。在这个原则性问题上，我部分认同部分质疑。说起独立，总会有一个理由是迫不得已；所谓倔强，那是性格所体现的一种东西。

母亲的记忆：小时候，我很讨厌去幼儿园。从不愿意和其他小朋友一起分享我每天二十四小时里哪怕一秒的时间。每天送我去幼儿园，是她所做过的最难的选择题。

　　无论母亲说多少遍好话，无论是哪种零食或是物质诱惑最终都无果。哪怕前一天答应得再好，第二天一早幼儿园门口总还是会现场直播我跟母亲互相"追逐"、互相"搏击"的真人秀画面。最后我都会拼死抱住母亲的大腿，眼泪狂飙，终究以母亲的不忍和妥协收场。

　　稍微大些后，母亲说我终于肯放下矜持着的倔强，愿意去幼儿园了。前提是她每天都要在幼儿园门口的小卖铺里给我买条不一样的手绢。

　　可是好景并不长，或许是因为小卖铺里手绢的图案再也没有新的花样，我会在所有小朋友午睡时，偷偷地溜出去，逃到母亲的单位里。我的身上像装了GPS定位仪，每次逃脱后不久，老师总会及时地赶到并把我捉回去。

　　不久，这种猫和老鼠的游戏我逐渐玩腻，开始了新游戏"老鹰捉小鸡"。幼儿园也不得不增派了人手，真的把我当作了"小鸡"，每天在饮食上给我提供了特殊的待遇。

　　即便如此，我还是会想方设法地溜出去。没有人知道我是怎么在那么多双眼睛底下逃出去的，而我自己也全然想不起来了。"两点之间有且只有一条直线"也只能出现在几何课本里。或许，人们忽略了一个永远不变的人生哲理：不是叫"猫"的都会捉老鼠，也不是每次老鹰都可以捉到"鸡"。

　　在我看来，今天不知道明天的事，才是人生最有趣的话题。没有"一定"，只有"也许"，这才应该是人生亘古不变的定律。

　　母亲说，她最后一次在单位门口看见我光着脚丫子出现在她眼前的时候，犹如晴天霹雳。从此，送我去幼儿园的念头，彻底化为灰烬。之后幼儿园也不肯再接纳我，理由是：这孩子太喜欢游戏，可学校玩不起。

因此，七岁以前我的大部分时光都是在母亲单位的办公桌下度过的。母亲的办公桌下有条木板一样连接的东西，她每天上班，我都会坐在那里，没有玩伴也无声无息。而我自己，不光对此毫无记忆，更是对我的童年感到离奇。就算再独立，也不该整个幼年都坐在那里，一点儿都没有童趣。

或许如母亲所言，七岁前的我一直莫名地生活在自己的世界里，喜欢逃避。那么七岁后，自我有记忆开始，年复一年的所有时间，我都在深刻地活在别人的世界里。像坐上了一台不会停止的时光机，总会回到最初的那里，循环播放同一部连续剧。早已看腻不堪的过去，却还是像个谜，永远在梦里。

梦里，一些人的出现，彻底地改变了我，直接地影响到我对未来的人生观、价值观和世界观。他们在错误的时间出现在我幼小懵懂的世界里，却在正确的时间消失在我丰富多彩的蓝色生命里。虽不曾刻意地忘记也不曾刻意地想起，矛盾到如今很多我所怀念的也正是我努力在忘记的东西。

自私地为了自己，他们神秘地被埋在了心底。从无人知晓，更无人问起。所以长大后，我总会时刻提醒自己：被抹掉了七年的记忆，不仅仅只是幸运而已。

时常会忘我地翻阅相簿，看着自己童年时稚嫩的样子，小心翼翼却又忘乎所以。沉浸在照片中那小女孩儿宁静的双眸里，久久不能自拔，我很想透过那双纯洁的眼睛再去看看那时的世界。

难以置信，照片上的小女孩儿会是我自己。我看不出任何与众不同的地方，更不解到底是什么让他们如此迷恋并为其疯狂。

这一年，我八岁。在这个懵懂的年纪，我终于开始有了记忆。于是从这时起，一些人就这样秘密地陆续地出现在我的生活里。最后跟他们的名字一样一起秘密而孤独地沉寂。

他们出现在我生命中的那十几个春秋冬夏里，除了回忆不曾留下一点点的痕迹。没有任何看得见的言语，没有任何可以触碰的东西。

杨修，人如名字一般的惊才风逸。在他所有浓情蜜意的语言里，影响我最深的只有一句。他说："人生最美好的事情是生活在别人的记忆里。"或许是受他的影响颇深，我的思绪曾一度不可自拔地融入他的世界，逐渐地演变成包含与被包含的关系，在我的碧玉年华、破瓜之年。

杨杰，杨修的亲弟弟，顽劣不羁却心思缜密。他活跃在我的整个花季里，带给了我青春期无限的乐趣。他总会浪漫地说些让我感动的话语，其中最深刻的一句是："爱你，和智商没关系。它是课本上学不到的东西，却是我人生最值得钻研的课题。"

伊然，爱看帅哥的绝版美女，初中毕业后就杳无音讯，各奔东西。她给了我最怀念的最单纯的一段友谊，也是她让我懂得了何为朋友的真正含义。她永远会对我说、也只对我说："不管什么时候，我依然（伊然）在这里。"

童琳，她是一场网络的奇遇。酷爱黄色的蓬松短发，不穿裙子，不做女孩儿做的事情。一直都是中性装扮，也从不打算哪天给自己穿上嫁衣。她不计回报地溺爱着我各种任性的脾气和私欲。大学毕业后，她便销声匿迹。她总会对我说："乖乖的，听我的。"

尹颜，至今我仍然找不到任何一个华丽的词语可以用来形容她。因为在我心里，任何词语和她匹配都是那么的平淡无奇。我爱她的"霸道"，而不是她从娘胎里自带的美丽。在我的生命里，她有两层含义：1. 比闺蜜更近一层的关系。2. 比起亲人还有一点点的距离。

整理思绪，屏住呼吸，就这样，一点点地打开记忆，旧事重提。

第二章

　　杨修比我大六岁，差一步就可以勉强搭上80年代的末班车，却为了拉近距离，厚着脸皮非说我们是栽种在同一个大棚里的"草莓"。父亲是公务员，母亲做些小本生意，家底还算殷实。所以，在他六岁时，顶着国家计划生育政策的压力，母亲坚持为他生了个弟弟，和我一样大，取名杨杰。

　　兄弟俩有明显的性格差异。杨修有些闷骚，颇爱忧郁，除了有点儿小聪明没有一点儿灵气，喜欢把什么都放在心里。杨杰则霸气十足，顽劣起来像个地痞，成绩却总是名列第一。

　　1993年，八岁的我在租住的平房的巷子里，初遇当年已十四岁的杨修。

　　春节前夕，父亲为了能在旅途中看到更美妙的风景，买了个望远镜，把它视作瑰宝般，放在了家中一米五高的、我触及不到的衣柜顶上。每次他上夜班，我都会趁着母亲干活的时候，踩着吃饭的方桌，踮起脚偷偷地把它拿下来。赶在第二天一早父亲下班前，母亲忙着做早饭的时候再完璧归赵放回去。

　　父亲用它来看风景，我却偷来窥视别人的隐私。总会一个人藏在院子的角落里，调好了焦距，观察别的院子里正在上演的各种好戏。

这一天我和往常一样，一个人在租住的院子里玩耍。旋转着望远镜的焦圈，镜头中看到隔壁院子里几个男孩儿正交头接耳地扎堆在一起，像是在讨论一些秘密问题。

眼看着他们近在咫尺，但竖起耳朵，怎么听也听不到。于是，我想了一个办法，打算偷鸡摸狗地混进去。

手里拿着最爱的竹蜻蜓，双手一搓，手一松，就飞上了天。尝试了几次后，终于在隔壁人家的院子里成功着地。感觉自己被从天而降的馅饼砸中，便喜出望外地朝着目的地走了过去，准备捡起。

走到院子门口，我却胆怯起来，靠在了门口的大铁门上，迟迟不敢进去。

过了一会儿，院子里一个看上去很是清秀的大男孩儿注意到我。他侧着头，双手很潇洒地插在裤兜里，朝着我站着的大门口的方向喊了句："小妹妹，你住在哪里，找谁啊？"

做贼心虚的感觉让我战战兢兢地支支吾吾着："我住在你隔壁的院子里，我玩竹蜻蜓的时候，它不小心飞到了你这里。"

他的一只手从裤兜里拿了出来，拍了拍身旁的朋友，示意让他们一起，帮着四处找了起来。他一边找一边问："你多大了？叫什么名字？"

我有点儿认生，身上像粘了胶水，倚在门口的石头上，一动也不敢动地嘟囔着："我叫蓝雪，今年八岁。已经在上小学一年级了，大家都叫我蓝蓝。"

他抢过朋友手中刚刚捡起的那只落在墙角里的竹蜻蜓，脸上洋溢着得意的笑容，向我走了过来并把竹蜻蜓递给了我，和煦地介绍起自己："我叫杨修，上初中了。今年十四岁，你可以叫我杨修哥哥。"言语间，他摸了摸我的头。

我没敢抬头看他，低声地有礼貌地说了句"谢谢哥哥"，接过了竹蜻蜓，也没有多看一眼就不好意思地跑了回去。

就这样我们相识了。在我的记忆里，那天初见十四岁的杨修时，他穿了一身整洁的校服，阳光洒在他俊朗的脸蛋儿上，风度翩翩且挺拔俊逸地站在那里。在院子里所有的男孩儿中，我第一眼就看到了他，也只看到了他。

那年的4月，柔风飘浮在温暖的春天里，却吹乱了我年仅八岁的思绪，让我感觉暖洋洋的，却浑身没有一点儿力气。

周末，母亲在家做晚饭。我在巷子里跟几个年龄相仿的孩子一同蹲在地上玩打弹珠的游戏。

其中一个叫小胖的小男孩儿，手法极佳，每次都可以轻而易举地取胜。我大半的玻璃球都输在小胖的手里。我看不得小胖每次赢走了我的玻璃球，嘴里还振振有词又自满的样子。所以，每天趁妈妈不注意，我都会躲在院子里，自己偷偷地练习。

这天我终于解了气，手中的玻璃球将小胖的逐个打了出去。当打到第三颗时，小胖开始有些不乐意了。

他眼看着自己手中的玻璃球所剩无几，就开始冤枉我，说我赖皮。在男孩子面前，我一向都所向披靡，便火冒三丈地和他争吵了起来。

我一脸的不服气，所有五官都像紧急集合般聚集在一起："小胖玩不起，输了玻璃球，就说我赖皮，长大后肯定没出息。"

小胖却伸着舌头涎皮赖脸地讽刺起来："蓝蓝是只癞皮狗，汪汪地叫才没出息。"

小胖的话彻底地激怒了我，我生气地上前去跟他扭打在一起。可就在我略占优势的时候，突然有人蹿了出来，从我身后火速地把小胖给推开。小胖受到了外力没控制住自己的重心，一屁股重重地坐到了地上，开始哇哇地大哭起来。

小胖的哭声，引来了正在别处玩耍的伙伴，我被围在了中央，心也开始不安起来。猛地回过头，却看到足足可以高出我一头的一个大男孩儿站在我身后，一直在死盯着坐在地上痛哭的小胖，眼神愤恨不已。

看见我在看他，他便低下了头，目光也变得温柔起来，帮我拍了拍身上的尘土，揉了揉我的小鼻子，心疼起来："和男孩子打架也不怕吃亏？"

看着他一脸的疑问，我不禁有点害怕起来。声音有点哆哆嗦嗦地打着寒战："你是谁呀？不是我先动手的。是小胖先欺负我的，还骂我是癞皮狗。我从不说谎，才不会赖皮。"说着说着忍不住委屈地掉了几滴眼泪下来。

见状，他神色有点慌张，赶忙去扶起坐在地上的小胖，先帮他擦了擦眼泪，然后便恶言厉色起来："你这么小不可以骂人，要讲道理。尤其是对待女孩子，得客客气气。不然我去告诉你妈妈，看她怎么收拾你。"

小胖被吓得魂飞魄散，哑口无言地看着他，突然灵机一动，把手里所有的玻璃球都扔到了我这里，就飞快地朝着自己家的方向跑了过去。

　　见小胖已跑远，他害羞地摸着自己的后脑勺，走到我面前，有点尴尬地解释着："蓝蓝别害怕，前几天你来过我家，你忘记了？我是你家隔壁的杨修哥啊，捡过竹蜻蜓给你。"

　　我恍了下神，才想了起来。一边摆弄着手里的玻璃球一边乳声乳气地回答："哦，我不记得你长什么样儿了，杨修哥哥好。"

　　他不知哪来的满足感，嘿嘿地看着我傻笑着。见我放松了下来便套起了近乎："你看你玩得满头大汗的，哥哥带你去买雪糕吃，放心哥哥不是坏人。"

　　我一听到雪糕，立即垂涎三尺，随即蹲下捡起了脚下散乱的玻璃球，收为己有地揣进裤兜里。不记得是他先过来挽起的我，还是我先去牵住的他，就一起乐呵呵地去了巷子口的小卖铺。

　　一进小卖铺，他就迫不及待地走到冰箱那里，笨手笨脚地打开冰柜，拿起各种各样的雪糕，挨个地问："是吃这个牛奶的，还是巧克力夹心的？还有脆皮的？"

　　可我的注意力并没有在冰箱那里，反倒死盯着柜台透明玻璃下的那一沓各种各样图案的手绢发起呆来，有点难为情地默念着："我想要这个。"

　　他走了过来，看了看我渴望的眼神，又看了看柜台里的手绢，摸了摸自己的裤兜，温暖爽朗地笑起来："当然可以。但是你回去了不能跟妈妈说是我给你买的，你要保密。"

　　这一瞬间，我突然有点不知所措，心里不停地盘算着自己的小九九。怕妈妈问起自己交代不出来，本不想再买了，可是看着那沓手绢心里又忍不住惦记着。还是乐不思蜀地答道："我不会让别人知道的，我答应你，这是蓝蓝和哥哥的秘密。"

一个"秘密"就这样地在我八岁的内心燃起，被当作了约定冗长的继续。

因为这条手绢，渐渐地我跟杨修熟了起来。以后的每天，他去上学前，都会持之以恒地在巷子的路口等我。然后怡然自得地拉着我粉嫩的小手，把我送到学校马路对面的天桥下。

他总是心满意得地站在原地，看着我娇小玲珑的背影。亲眼目送我走上天桥，娇嫩地扭搭到学校大门口，才会转身离开，去自己的学校。

偶尔，在天桥下，一群韶颜稚齿的小伙伴儿们看见有人来送我上学，总会天真烂漫地聚在一起把我团团围住，富有想象力地问："蓝蓝，那个高高瘦瘦的人是谁呀？"我每次都会不假思索地告诉他们："他是我的杨修哥哥。"

每当此时，我都会听到身旁的小伙伴儿们羡慕地在一起莺声燕语："蓝蓝的哥哥真好，每天都送她上学。"每每这一刻，我当时幼小的内心总会有种难以言表的自豪感，脸上带着点儿神秘，嘴角也会不自觉地向上扬起。

基本每个星期，他都会在送我上学的路上，用买文具省下的钱给我买条不一样款式的手绢，心花怒放地叠得整整齐齐，放进我身后的书包里。一直到我小学毕业，家里的手绢已数不胜数。

他莫名地把他的万千宠爱施于我一身，让我的童年分分秒秒都生活在蜜里，简直是公主般的待遇。

而那些被赋予了情感的手绢，也只能不得已地躲在被忽略的角落里哭泣。回到家，我会把被他放进书包里的手绢有条不紊地整理在一起，小心翼翼地放进一个鞋盒里，把它们视作秘密，藏在我每天睡觉的床底。

那时，应该只是年龄的问题，我从来都不懂"吸引"二字的魅力，它总会让我沉浸在无数的想象里。尽管一直都是谨小慎微，但现实往往还是出其不意。这一次，我记忆犹新，发生在小学三年级。

这一天放学很早，妈妈破天荒地心情特别好，可以不用我做老师留下的作业，我很快就加入了小伙伴儿们跳皮筋的游戏。

我聚精会神地跟小伙伴儿们一起念着跳皮筋的咒语之一"大母鸡"，像在读课文般，声音洪亮又高昂地齐声朗诵着："大母鸡，下白蛋，没有妈妈怎么办……"

正在被咒语附体时，刚刚放学的杨修看到了我。他急促地一路小跑过来，二话不说就刻不容缓地把我拉到了一间离家不远的工厂里。

那里寂若无人，他控制不住心里的兴奋，毛手毛脚地翻着书包，从里面拿出了一沓包装精致的漂亮的手绢。

从没见过手绢上那些唯美的图案，我惊喜交加。他陶醉地看着我美不胜收的样子，目不暇接地把每条手绢都一一地拿起，放在我小小的手心里，跟我一起沉浸在那个年龄好奇的本性里。

不知不觉间，谁也没有留意天已暗了下去。他起身正要带我回家时，却撞见因发现我不见了而四处找我找得心急如焚的母亲。母亲以为我被坏人拐走了，还动员了警力。

看到满脸脏兮兮的我，母亲像失而复得般开心不已。眼里泪光闪闪地不停地追问："你怎么跑到这里来了？"我伫立在原地，心虚地低着头，偷偷地看着身旁束手无策的杨修，不敢回答母亲的问题。

杨修笔直地站在三米以外的电线杆那里，像是犯了错误的小孩儿，手也不知该放在哪里，哆哆嗦嗦地像复读机一样，不停地叫着："阿姨，阿姨……"

对于杨修，当时惊慌失措的母亲根本无心问起。像是一种默契，回家后，在母亲面前，我只字未提。杨修也没有任何只言片语。

之后每次聊家常时，偶尔母亲还会惊魂未定地提起我那次"走丢"的经历。母亲一直以为杨修是个骗子，想把我拐卖出去。

每当此时，我都会变得哽咽无语，不知该作何解释，也不知该从何说起。即便如此，我还是能镇定有余，因为我知道杨修他不会在意。

第三章

　　儿时的憧憬总是隽永无瑕的，尤其是在不懂追求和没有梦的年纪。总会以各种荒唐的理由去憧憬自己长大后各种美好的样子。

　　因为天真、因为懵懂；也因为有了一颗美好、善良的心灵，而对世界也应是美好的、单纯的认知，那时的憧憬才会显得格外的弥足珍贵。

　　童年时，当别的小孩子都在天真地憧憬着长大后可以成为科学家、发明家，可以做个老师、医生的时候，我却已然是个"梦想家"。因为我一直在奇怪地做着同样的一个梦。

　　起初，我以为那是噩梦；中途，以为是动画片；最后，我把它定性为"谜"。

　　睡梦中，突感窗帘被一阵凉风吹起。我瑟瑟地蜷缩在被子里，睁开朦胧的双眼，不情愿地从床上爬起，准备关窗。正要过去，床底各式各样的手绢被风吹散，散落了一地。我有点着急，刚要俯身去捡，这时手绢上的图案猛地从手绢里活生生地走了出来。好多从未见过的各种各样的水果和很多电视上动物世界里才会看见的小动物们聚到了一起，它们围成了一个圈，舞动在客厅里。舞动间，突然一个影子闪现在眼前的童话世界里，它挥手示意让我过去一起。我很犹豫，也很害怕，战战兢兢地追问："你是谁，我是不是在梦里?"它坏笑着，挑逗着我的每一根神经："我是一个谜……"那声音温文尔雅，妩媚动人，我分不清是男是女，只依稀感觉它很美丽。我迷恋在它的温柔里，灵魂也被它勾引了出去。每次我正要过去，都会被惊醒，一身虚汗，立即坐起。再闭上眼睛，它已不在梦里。

十岁，几乎每个宁静的夜晚，我都会以漫天的星星为伴，一直在重复着这个神奇的梦。有点害怕，有点离奇，却不忍打破这个谜。

梦里，我试图控制自己的情绪，不再害怕，不再着急，想多听听它绵柔的声音，想看一眼这到底是怎样一个美丽的谜。我像是被魔鬼诅咒，从此我的人生便和这个梦紧紧地联系在一起。

直到有一天我不想独自享用这个叫"谜"的美丽，把这个梦告诉了杨修。那一年杨修十六岁，上高中一年级。

我总会瞪着两个水汪汪的大眼睛，天真烂漫地看着他问："哥哥，为什么我总是看不见梦里的那个谜?"

杨修总会一头雾水地哄我说："因为它和蓝蓝一样，喜欢玩捉迷藏的游戏。"

看见我傻愣在原地，他不解地皱着眉头，深思熟虑起来。片刻后，用坚定不移的眼神告诉我："那些单纯的美好不会永远只在梦里，我知道了，就会在我的心里。因为在我心里，蓝蓝也是个谜。"

我听后，藏不住一脸的稚嫩气，拉着杨修的小手指，摇来摇去，娇羞地嘟囔着："那蓝蓝也会在哥哥的梦里，是不是?"

杨修呆若木鸡，过了好一会儿，才深沉地冒出一句："人生最美好的事就是生活在别人的记忆里。"

杨修的话很美，美到我一直都无法割舍地记得。当时，或许无论怎样，我都不会懂得那些惟妙惟肖的文字背后字字为何。只是一股脑儿地沉浸在这种从天而降的美好里，嗲声嗲气地自言自语着："我知道了，梦里的人一定是哥哥你。"杨修满脸通红，害羞地抿着嘴："蓝蓝很美丽，哥哥不是谜。"

神乎其神，从此那个谜不再出现在我的梦里，转而不停地渲染并出现在我对未来的憧憬里。我一直在憧憬梦里的人，隐约的背影里一身忧郁气，让我着迷。当时，我真的相信了，杨修就是那个谜。

时间，常常是在你不懂它的时候，它走得最慢；却往往在你懂它的时候，它跑得最快。它飘忽不定的性情，在成长的不同时期都留下了不同的寓意。

在我的金钗之年，时间的匆匆流逝并未让我觉得它曾带走什么或留下什么。在这个时期它唯一的寓意就是：我长大了。

而这种所谓的长大也只是简单地局限于：个子长高了，年龄上升到两位数字了，身体也开始发育了……所以懂得的也更多了。

我遗传了父亲的大部分基因，本应该也是个细腻的人，却恃宠而骄地粗心到我只注意到自己的成长而忽略了别人也是在成长的。

如果不是因为杨修的个子在这不经意的几年内，从跟我的母亲身高差不多，突然地长到一米七八。我或许还不知道他已经十八岁，是个即将上大学的小伙子了。这一年我十二岁，即将小学毕业。

我的整个小学时光，因为有了杨修的陪伴，对朋友的定义都极其地模糊。我不知道每天跟我混在一起的男孩女孩们以后他们的人生会是怎样，我们的生活是否还会有交集。但至少在分开后，他们没有一个曾出现在我的记忆里。那个年纪，因为受杨修的人生观的影响，我把他们的"未曾出现"定义为"不美好"，所以也并不曾在意。

那些友谊虽出现在不太懂的年纪，而它之所以会被定义为"不美好"，或许是因为杨修填满了我当时本就"不富裕"的记忆，让一切变得太美好了。

手绢是那段时期伴随了我四年最珍贵的东西。从八岁起，平均每个星期一条，一直持续到我十二岁即将到来的花季。

儿时，若是有人对你太好，大多都只是沉溺，却不懂珍惜。而杨修却相反地不计回报地沉溺在对我要更好的理念里，好像从不在意我的年纪是否已经懂得了什么才叫作珍惜。

1996 年，父母终于靠自己的努力扬眉吐气，带着我搬了新家，住进了楼房里。我也彻底地离开了"寄人篱下"却满是记忆的巷子。

新家离学校很近，步行也只有十分钟的距离。因备战高考而每天都有着繁重功课的杨修也不再有时间时常到学校看我。

杨修说："蓝蓝长大了，要自己去学校，人总要学会照顾自己。"我当时很不服气，一心觉得：只是自己去上学而已，跟长大有什么关系。

在我搬离那座院子不久，杨修也搬家离开了那里。因为他父亲的工作调动，一家人都搬到了河北石家庄定居。因此我足足有一年多的时间没有再见到他。最近一次见他还是一年前他办理转校手续时。

那天我放学回家，在小区门口，他依旧穿了一身蓝色的校服，蹲坐在草坪的石头那里。我自顾自地低头走着，脚下踢着路边的小石子，也没多注意。

眼看我不长眼地从他身边走过去，他忍不住心急火燎地喊了句："小丫头片子，你没看见一个活人在这里?"

我停下脚步，有点莫名其妙地把头转了过去。一看是他，急忙跑过去，一把把他拉到墙边的角落里，冲他嚷嚷着："就因为你是活人，你站在这里，就不怕被别人看见了胡言乱语。"

他靠着身后的墙壁，手依旧飒爽英姿地放在裤兜里，带了点不知哪来的情绪说："我回来办转校手续，明天一早就要回石家庄去了。想再看看我给你买的那些手绢，快点儿回家去取，我在这等你。"

我不放心地再三嘱咐他，让他待在原地，就急忙跑回家。趁老爸不注意，一头钻到床底，在一个鞋盒里，那些手绢被叠得整整齐齐，它们一直安静地睡在那里，终于可以出去透透气了。不敢掉以轻心，轻手轻脚地拿起后，夺门而去。

杨修一直老实地待在角落里，看到我手里拿的鞋盒，脸色瞬间变绿，嚷嚷着："你怎么能把手绢放到鞋盒里?"

我有点儿委屈地把鞋盒打开："你看多整齐，而且是香喷喷的，只是包装不怎样而已，要不多引人注意。"

他小心地接了过去，仔细地打量起来，然后把手绢包得严严实实，放进了他的书包里。

我抱着一个空了的鞋盒，不明所以地有点生气："你就这么在意它们被我放在鞋盒里，还是你想要回去？"

见我有几分生气，他开始笑嘻嘻地，从裤兜里掏出了几个棒棒糖放进了鞋盒里。然后一直在我耳边碎碎念地关照着："好好地学习，我把手绢带到石家庄去，等你真正长大了再拿给你，省着你一直惦记着这个秘密。"

我没有回答，也不懂所谓"真正长大"的意义。噘着嘴，一头苦闷在那里。他见状凑了过来，在我耳边轻轻地说了句："小丫头片子，你会一直在我的记忆里，等我上了大学会回来看你。"接着头也不回地就走了。

看着他远去的背影，我并没有留恋，满满的都是怨气。直到我小学毕业，整整一年，杨修带走了我所有的手绢，像是怕我泄露了秘密。我当时很不解，没有了手绢，也似乎没有了记忆，仿佛已经把他忘记。

一年后，我初中一年级时，看到了杨修曾经在这座城市的高中同学。他认出了我，惊讶地问："你们不是一家人？怎么没和杨修一起到石家庄去？"我愣住无语。

在跟杨修是否是家人的问题上，我并没有过多地去解释什么，只是微笑不语。也许在当时的年纪，"家人"足以胜过千言万语，"家人"或许对我们都有着不同的含义。

从他的口中得知，杨修顺利地考上了河北师范大学，我为我新增的家人而激动不已。

第四章

等待或许是种最揪心的东西。一直耐性很好的我，一直畏惧以任何理由为前提的等待。与等待的时间长短无关，与等待的人所占心中分量无关，与等待的事情轻重缓急无关，与等待的结果也无关……唯一有关的，是等待过程中那种祈盼的心情。那种情绪无法用任何文字形容，只知：等待是我心底最难以承受的过程，不比任何东西。

这一年，我终于不再是一名每天佩戴红领巾的少先队队员了，我成为班级上入选的第一批共青团团员。在共青团的团歌声中，当学姐把团徽戴到我胸前的那一刻；在国歌声中，在全校师生面前，把五星红旗冉冉升起的那一刻，我意识到：我已开始成长，我然开始有了自己独立的思想和对生活的认知。

当然，告别了无忧无虑的小学时光，刚刚开始的初中生活并不足以让我很快地融入进去。我已不知不觉地学会了想念。

在每天重复循环并循规蹈矩的生物钟里，上半学期的时光很快过去。杨修并没有如他所言那么美好地出现。我把他当作了空气，每天都没有气味儿地飘在我活动的范围里。不管空气中夹杂了什么灰尘或是何种垃圾，都不曾影响我正常的呼吸。我时常告诉自己：毕竟他不是氧气。

初中半年，我逐渐有了新的朋友，相处间，彼此都很随意。她们也渐渐地偶尔会出现在我每天的记忆里。其中最为深刻、彼此陪伴最久的是一个粗线条的女孩儿，她有一个让人难忘的名字，叫伊然。

那是在初中开学时，发生在军训期间的事。这天正午，军训结束后，我满头大汗跟同学一起到学校对面的小卖铺里去买矿泉水。不足十平方米的小店里，人山人海，拥挤得连呼吸都是问题。好不容易排到了我，准备付钱掏兜时，一枚硬币掉在了地上，我立即俯身低头去找。底层的空气简直是"乌烟瘴气"，熏得我几度要窒息。我毅然决定放弃，正要起身，拥挤的人流中，不知是谁从后面经过，踩到了我略长些出来摊到地上的裤脚，害得我一头撞上了柜台的玻璃。

天气的炎热加上满腔的"军训气"，随着被人一脚踩下去，气不打一处来。我趾高气扬地抬起头，看着小卖铺里挤得满满的人，火冒三丈地大声吼道："谁刚才踩了我，一声招呼不打就敢走，痛快点给我站出来。"

话音刚落，只听旁边有人用比我的音量高出一倍的分贝接了过去："是，我依然（伊然）在这里。"

顿时，整个小卖铺里的人都哈哈大笑起来。我转过身，看着身后站着一个跟我一样清瘦的女孩儿用手指着自己，一脸的茫然，不知道这屋里所有的人都在笑什么。我更是莫名其妙，于是质问她："刚刚是你踩的我？什么叫你依然在这里？刚才我身后站的明明就不是你。"

那女孩儿难以置信地看着我，然后也忍不住地哈哈大笑起来："我的名字叫伊然（依然）。'所谓伊人在水一方'里那个伊人的伊，然是然后的然。"

愣了一会儿，我也忍不住地笑了起来。犹如一场幽默的闹剧，我们就这样认识了并成了朋友。

我相信人生总会有很多种相遇。其中有一种叫"偶然"，往往会在多年后，会被定性为"必然"。这种相遇不要期待上天会给予很多，大部分虽只是一两次但足矣。我深信不疑地把这种相遇视为我生命中最美丽的期许。这种相遇发生在我的豆蔻之际。

暑假，伊然一直在我耳边吵着，想去机场看看。我耐不住她的软磨硬泡，趁着爸妈不在家，我用积攒了近一个月的零用钱和伊然约好，我来买去的车票，她买回的车票，带着一大袋零食和满心的欢喜，我们就这样出发了。

在这座小城里，因每天安逸的节奏和死板的生活待了太久，而从未见过外面的世界的我们，一路上都充满了好奇。将近三个小时的车程里，并没有让精力充沛的我们有任何想眯一会儿的睡意。聊得太开心以至于带来的一大袋零食不知道在什么时候都装进了我们的胃里。

大概两个小时过去，透过车子的玻璃，眼看着一座座高楼大厦在我们的四周雄起。在心里才刚刚数到五层，车子就远离那栋大楼疾驰而去。

车子的终点在沈阳火车站，我们在那里下了车。初到那里，闷热的天气伴随浓重的汽车的尾气，偶尔还会夹杂些泥土的气息。刚刚下车就让我们的情绪跌到了谷底。

车站周围，到处都是来来往往的人群和大大小小的行李。伊然紧紧拉着我的手，小声地在耳边告诉我："蓝蓝，我害怕，我们快点儿到宽阔的马路上去。"

在这座人山人海的城市里，我们享受着它的光鲜亮丽，却不知该去哪里。两个人就这样沿着一条宽阔的马路一直走了下去，有些紧张又有些好奇。伊然拉着我的手久久不肯松开，直到看见了个广场，里面有个休息区，我们才走过去。找了个台阶坐下，却发现我们紧握的双手已全部是汗滴。

坐在那里，伊然瞪着一双水灵灵的大眼睛，充满了向往地看着我眨来眨去："蓝蓝，沈阳比我想象的还要美丽，我很想住在这里。"

面对这个看似严肃的问题，我总不忘调侃她几句。带着一脸的顽皮，戏弄起来："希望以后每次过来，你都会跟我说，我依然（伊然）想住在这里。"

伊然看着我傻傻地笑着，然后把我的手放在了她的额头上，看似很认真地问："热吗？"

我有点莫名其妙地点了点头："有温度。"

她一副恍然大悟的样子："哦，看来我真的发烧了。"

我惊讶地摸了摸自己的头，答道："怎么会，我比你还热呢。"

她有点儿忍不住诡异地笑着："不对，我肯定是烧糊涂了，要么我怎么会有这么个奇怪的想法呢。"

我一脸好奇地问："什么？"

她却故作镇定起来："我肯定上辈子我们不是一对冤家就是一对神仙伴侣。"

我疑惑着："怎么说?"

只见她的脸上流露出幸福的表情，一字一顿地强调着："我觉着，这辈子我的这个名字像是为你而起的。"

我恍然大悟，喜出望外起来："搞了半天，你这辈子是来报恩来了。"

她瞄了我一眼，哼哼着："人家本想做白娘子，可惜你投胎时，投错了品种。"

我愕然地搞怪起来："那蛇和乌龟你更喜欢哪个?"

她愣住："怎么还和动物扯上关系了?"

我有点想笑，又忍了回去："白娘子还不是蛇修炼的，闺蜜（龟蜜）还不是乌龟偷吃蜂蜜吃多了才演变的。"

她想了会儿，哈哈大笑起来："那我还是选乌龟吧。蛇精才修炼个几千年，乌龟可以万年呢。"

我搂着她的肩膀，伴随着一场没头没脑的对话，一起沉醉在无忧无虑的笑声里。

大概坐了半个小时，看到旁边的站台有公共汽车停靠在那，我拉着她一起走了过去。过去一看，发现是去桃仙机场的。两个人开心不已，我当即决定去机场看下，就坐车回家。

伊然并没有反对。她对陌生环境的适应似乎很慢，所以一直对我言听计从，生怕我会扔下她一个人离去。

去机场的路上，她似乎被城市的繁华麻痹了大脑，有点缺氧地靠在我的肩膀上呼呼大睡了起来。我则一直望着窗外，听着她的呼噜声，像是配乐，哼起了小曲。

正当我的视线从窗外转移到车内的那一刻，伊然像说梦话似的问我："你真的一点都不梦想着有天可以住在这里?"

提到梦想，无意间又唤起了我曾经是个"梦想家"的那个秘密。神情有些飘忽不定地说了句："只要你依然（伊然）想住在这里，我还要梦想什么，总归跟你厮混在一起。"

每次我拿她的名字调侃，她都乐不思蜀地一万个愿意。在伊然的笑声里，不久就到了机场。车子还没停稳，"桃仙机场"四个大字就迅速地出现在我的眼帘。伴随着一阵阵的轰鸣声，我仰起头，阳光刺进眼睛里，透过上下睫毛间的缝隙，看见一架飞机正在我的头顶上方缓缓地飞起，飞翔在浩瀚的蓝天里，如此的美丽。

直到飞机消失在视线里，我才低下头，揉了揉眼睛。有点儿晕，眼前一片漆黑，等我缓过来，却发现伊然不知哪去了。看飞机看得太投入，以至于以为她一直在身后。

我开始不受控地很纠结安慰着自己：或许是被人流挤散了，或许是被什么新奇的东西吸引去观看了，再或许她跟我一样以为我一直跟在她的后面就走了……

总之，在那个手机还不普及的年代，我们就这样地走散了。满心的怨气，我开始自言自语：以后要是再听见你说那句"依然（伊然）在这里"，一定扒了你的皮。

原地等了好一会，还不见伊然过来，我便开始急了起来。我的钱都用来买了零食和车票，回去的钱都在伊然那里。担心着伊然找不到我自己先回去，把我一个人扔在这里。想着想着，内心也脆弱了起来，眼泪止不住地流了下来。

太阳很无情，火辣辣地晒在我的脸上。觉得很难为情，于是抬起头，刻意让阳光刺进眼睛里，以至于别人不会以为我在莫名地哭泣。

突然，一个熟悉的背影像是伊然，出现在我的余光里，我兴奋地跑过去："你是不是没看到我在这里？等会我自己回家，你就继续一个人依然（伊然）在这里吧。"

在我莫名的爆发里，她转过身，阳光在她的脸上显得格外的美丽。她一脸茫然，惊慌失措地看着我。

我很是尴尬，擦了擦随眼泪一起流出的鼻涕，抽泣着说："姐姐，对不起。我跟朋友走散了，身上没有钱回家，认错了人。"

她这才从惊吓中缓了过来，松了口气："你一直哭，别人还以为我欺负了你。我来机场接我爸爸，他还有一会儿才到呢，你别着急，我先陪你找你朋友吧。"

或许是因为同是女孩儿的原因，看上去她又比我大一些，我并没有任何戒备就同意了。我跟着她，紧随其后地走在机场的大厅里，时不时会像个孩子，乳臭未干地喊句："伊然，我在这里。"

也许是因为她实在听不下去我继续扰民，买了瓶水堵住了我的嘴。趁我喝水之际，她去服务台打电话，不知在和工作人员交流什么……

几分钟后，她带了三五个女人过来，把我围了起来，你一言我一语地打探着我。

尽管交流不是很顺畅，还是听明白了。她们都是义工，想来帮我。我半信半疑地心想，怪不得这么好心。为了安抚我不安的情绪，她带头讲起了发生在机场里各种有趣的事情。

我投入地看着她讲故事的时候略微夸张的神情和不受控的"手语"，感觉很熟悉，像是哪里见过，貌似有些亲密。

不久，机场的广播打破了这种其乐融融的氛围。"寻人启事：伊然，听到广播后速到服务台，你的朋友在这等你。"

我看着坐在身旁的她，一头的雾水。只见她笑着用手指了指自己，又指了指服务台，才恍然大悟过来。

还没等我反应过来，她突然站起来，塞了二十块钱在我的衣兜里，安慰说："不要着急，如果等不来就自己坐车回去。"

我受宠若惊，不知道怎么感激，慌张地去服务台借了支圆珠笔，把学校的地址写给了她，有点不舍，扭扭捏捏地说："有空可以来找我玩，我让妈妈做好吃的给你。"

话音刚落，她已大步流星地走出了几米的距离。我突然想起，我连她的名字都还没有问起，便朝着我们之间隔着的几米空气，急忙喊了句："你叫什么名字？"

她头也不回地应了句："我叫尹颜……"不远处，一阵暖流伴随着氧气一起随着呼吸冲进了我的大脑里。尹颜，一个如此好听的名字，顷刻融进了我的记忆。

我的心情因为这个名字也变得和这夏日的阳光一样温暖无比，忽略了伊然到底在哪里。

就这样，在十三岁的这个夏天，我就这样偶然地认识了尹颜。短暂的相遇，似曾相识，意犹未尽！

幸运的是，听到广播后不久伊然就出现了。两个倒霉的孩子看到彼此，难以表达心中"重逢"的喜悦，紧紧地拥抱在一起。

　　回去的车上，我们靠在了一起，安静地睡去。直到回到家里，我都没有把遇到尹颜的事和任何人提起。

　　本以为这场偶然的相遇因为距离，不会给我们的生活带来任何的交集。我们一个是路人甲，一个是路人乙，会像两条平行线各自走下去，永不相交，留给我的永远只有记忆。

第五章

有些人离开得太久，以至于不得已把他驱逐出你的记忆；有些事发生得太早，以至于无奈地把它视为残留的回忆。记忆和回忆相同的都是会"忆"。迥然不同的是：记忆包含了回忆，回忆里并不一定是完整的记忆。

暑假转眼过去，我却仿佛还沉醉在初夏的阳光里。可是窗外早已秋风起，光线已去。

课间总会跟三两同学围在一起，谈谈流行音乐，唱唱青春期有些暧昧的歌曲。偶尔会有顽皮的男生过来"调戏"，还会传说谁和谁走到了一起。虽还没到年纪，却提前迎来了早已"迫不及待"的青春期。

当然，也会有好友两两互传讯息，说着哪个班级哪个男生让我告诉你，说他喜欢你。每当此时，我都会很生气：越是冷漠不羁，那些男生就越是死缠着喜欢你。

操场上，总会有那么多"流言蜚语"。哪个男生成绩又好，长得又帅气；哪个女生身材又好，长得又美丽。如果他们能在一起，简直是人间奇迹。我却很少照镜子仔细地打量自己。都只是听伊然说，我还算美丽。

班级上，有些男女走到了一起，看着是如此光鲜亮丽。网吧里，谁和谁又在一起打游戏，沉醉在虚拟里有多么的痴迷。可我却还处于没有"心花怒放"的年纪。只是很喜欢听男生夸我美丽，女生嫉妒我的才气，就连穿校服都讲究怎么穿才显得大气。可惜早恋和电脑游戏都没有出现在我的生活里。

初一下半学期快结束时，因为不想放学后早早地回家，我参加了学校的田径队。一天放学后，我跟往常一样在操场上训练得大汗淋漓。伊然陪我一起，每次跑步，伊然都会神经兮兮地在一旁给我加油打气。那架势，夸张到像是我已经在奥运赛场上得了第一。

在她欢呼雀跃的呼喊声里，我的表情看上去虽有点儿在意，但心里却很得意。我模仿着电视里运动员冲过终点时的惬意，挥挥手向她表示谢意。

尹然很配合地飞吻，以示回应。我正在扬扬得意，一个足球从天而降打中我的后背，让我摔了个"狗吃屎"，面色如土地栽倒在泥沙里。

伊然光速般地飞奔过来，一把把我扶起。一边帮我拍打着身上的灰尘，一边嘴里还不忘趁机损我几句："万幸，多亏没有打到头。要么肯定分不清哪个是足球哪个是你。"

我瞄了她一眼，从没精打采演变成"有惊有彩"。带着满腹的怨气，恶狠狠地盯着操场上那帮踢足球的小子们振臂高呼："哪个不长眼的干的？还不过来跟老娘认错！"

话音刚落，身后一个高年级的男生不知从哪蹿了过来，阴阳怪气地挑起事来："足球本来就不会长眼睛，你眼神这么好干吗跟它抢路。"

伊然震惊地看着他，接着漠然地转移视线，冷冰冰地问起我："你不生气?"还不等我说话，她已显然控制不住她的火爆脾气，拿起本要给我的那瓶矿泉水，就朝那个男生砸了过去。

伊然跟我一样，都有着同样一种倔脾气，只要有人欺负自己，不分男女，绝不客气。满满的一瓶矿泉水，重重地砸在他胸口上。

那瓶水分量很重，确实砸痛了他。他龇牙咧嘴地刚要还手，就被突如其来的一拳打倒在地。

对这突如其来的一幕我们都没做好任何心理准备。我蒙了好一会，才感觉到伊然一直不停地在身后捅我的后背，小声嘀咕着："有人为你打架呢，你认识?"我还没缓过神来，不屑地看着她："别胡言乱语了，明明就是为你。"

这时，操场上的好多同学也一起围了过来。言语嘈杂着在指责被打倒在地的那小子，他见事情不妙，爬起来就飞快地跑掉了。

伊然拉着我，一边很用心地关心我被足球击中的后背，一边还不忘挤眉弄眼地示意我："蓝蓝，旁边替你出头的帅哥是谁啊?你看看多帅气。"

我像走了霉运般，用力地拉着集中精力看帅哥的伊然，一心想着快点离开这块倒霉的地方。我不停地摸着自己酸疼的后背，懒得看一眼地应付了句："旁边的哥们，谢啦。"

刚迈两步，就听见身后一个熟悉的声音传进耳朵里："小丫头片子，你没看见一个活人站在这里?"我以闪电的速度回头望过去，脚底却像有个钉子一样，死死地把我定在了原地。始料不及地说了句："你这活人怎么会在这里。"

伊然在一旁一头雾水，愣头愣脑地唉声叹气："原来人家真的看上了你。"

听到有美女调戏，他有点窃窃自喜地跟伊然互动起来："就她的长相，根本不在我考虑的范围里。要换作是你，还勉强可以叫声美女。"

我拽住伊然的胳膊，难为情地面红耳赤着："他是我哥，我们认识。别胡言乱语了，一看见帅哥就着迷。"

伊然还是搞不清状况地跟我谈笑风生地讪笑着："呦，这么快都有哥了。你不知道暧昧的关系都是从哥哥妹妹开始的。"

我满脸绯红，尴尬地站在那里，他在一旁忍不住地偷笑着。不安中，我自己踩到自己的鞋带，他看到后，立刻蹲下熟练地帮我系起。伊然却不知哪来的脾气，噘起嘴，冷眼相视了一下就拂袖而去。

他趁机过来，一把扶住我，细心地帮我轻揉着后背，偶尔会偷看下我像吃了五谷杂粮似的混合复杂的表情。脸上不自觉地带着点儿英雄救美的成就感，边走边说："有我在谁也别想欺负你。"

听后，我的心里一直在暗笑，表情却像一颗饱满的苦瓜，很不给力。一年半的时间，或许并没有改变我脸上任何一处稚嫩的气息，他依然在人群里认出了稚气十足的我。可是难以言表的喜悦，却因时间而让我变得生疏起来，迟迟没有开口像以前一样再叫他一声：杨修哥。

在我满头大汗最邋遢的时候，他以这样的方式乍然惊现，没有任何预兆。我没有一点犹豫地选择扔下每天放学都形影不离的伊然，和他一起走了回去。

回家的路上，他心事重重地多愁善感起来，意味深长地说了句："时间待你真好，让你变得开朗，还有了自己的思想。"我惜字如金，心不在焉地哦了声。

这一次在小区门口，我并没有像以往一样做贼心虚似的怕被别人看见，把他推走，而是心照不宣地一起坐到了路口的凉亭里。

屁股下的石头还没焐热，我就已经忍不住满腹的委屈，垂头丧气地摆弄着手指，如坐针毡地开了口。语调平平，声音冰冷地问："我看到了你同学，才知道你考上了大学，学校还满意？"

他侧过头看了一眼冷得快要结冰了的我，不温不火地说了句："不怎么满意。"

我听后，如寒风刺骨般，心不由己地打探着："那是转校后不顺利？"

他目光黯淡地转向旁边的草丛里："也不是，都是因为一直想着你。"

我的表情剧变，不知说什么却很有节奏地条件反射了句："哦，那对不起。"

片刻尴尬后，他有意识地站起来，摸了摸我蓬松的头发，勉强地干笑着："怎么长大了一点幽默感都没有了？还是在生我的气？"

我躬着背，窝在那里，情非得已地看着他："有点，那你怎么才来看我？"

他寂然地站着，一言不发。眼泪也瞬间汹涌而来，在他的眼睛里没有规则地翻滚着，他用男子汉的硬气抑制着，一滴都没有掉下来。有点往事无须再提的神情，凝重又迫不得已地嘀咕着："刚到石家庄不久，老爸就突然得病去世了。我要照顾和你一样大的弟弟，还要和妈妈一起为老爸节哀，我不知道该用怎样的心情来面对你，希望你能原谅我的不期而来。"

我诧异地愣在那里，突感词穷，不知该怎么安慰才能祛除一个已成熟男子泪水中的伤害，只能依偎在旁边，一边自责一边不禁在心中感慨："时间待你不好，让你失去了亲人，如催化剂般让你不得已成熟了起来。"

两个人目光无任何交集地一直坐到了天黑。青春的路上，各自的成长让我们有了各自的思想，语言显得那么的苍白。

回家时，我躲在楼道间的玻璃窗后，看着他逐渐远去的落寞背影，却怎么也开心不起来。

第二天一早，我知道伊然在生我昨天的气，肯定以为我重色轻友才把她抛弃，所以很早就去了伊然家门口等她。看到我，她却唯恐避之不及地绕开。我只能无厘头地追了过去，从后面拉住了她的书包带。一直走到学校门口，都持续这个状态。

中午吃饭，我主动把她叫了过来。犹豫了很久，才把杨修和手绢的故事告诉了她。伊然听后，她的冷静让我大惊失色。

为了表达我对这段友谊的在乎程度有多深，我特意表决心，坚毅地拍着自己的胸口对天起誓："伊然，你是我最好的朋友。"

她点了点头，拉过我起誓的手，如履薄冰地问："那杨修呢？"

我有点迟疑地吞吞吐吐着："以前，我一直觉得他是我梦里的一个谜，现在……"

她的表情很诧异："你喜欢他？"

我有点儿不耐烦地解释着："跟你说了多少次了，不要总是胡言乱语。"

她松了口气，有种如释重负的感觉："那是什么？"

我为了撇清关系，不被误会，果断地回答："至爱，如亲人般的至爱。"

她变得有点犹豫起来，好像话在嘴边，想说又说不出来，支支吾吾地问："如果你最好的朋友喜欢你的至爱呢？"

我没搞清楚情况，也不敢相信自己听到的话，反复重复着："我再跟你说一遍，我最好的朋友是你。"

她不断地打断我重复的语调，不停地用她的声音盖过我："我知道，是我，是我……"

我像着了魔，只知道她喜欢看帅哥，没想到……看她认真的样子，我恍然大悟，依然不敢相信，试探地问："那你是说你喜欢杨修哥？"

她有点脸红，低着头羞羞答答地说："我看见他的第一眼就喜欢。你又把他说得那么好，我……"

伊然突如其来的表白让我极度震惊，猛地从座位上站起来："杨修哥不会同意的。他只当我们是孩子。"

她对我的反应大跌眼镜，很冷静地坐在那看着我，对视中她用坚毅的目光告诉我："他只是把你一个人当孩子而已。"

我变得沉默。第一次看见伊然如此认真地和我说话，我很不适应。我把一次性筷子紧紧地握在手里，木头上的瑕疵紧紧地刺激着我每根快要爆发的神经。我知道我在意什么。我心里反复问自己："我是在意我即将失去了至爱，还是在意我即将失去最好的朋友？"

伊然很快地从我的表情里读懂了我的心思，坐到了我的身边，用力地从我手指间的缝隙抽出那双已不成形的一次性筷子，拉着我满是虚汗的手，放在自己的手心里，很认真很平和地告诉我："不管什么时候，只要你需要，我依然（伊然）在这里。"我看着她，有点语无伦次，很用力地点了点头。

伊然没有逃过早恋的魔咒，我默认后，她就一直沉醉在对杨修的各种好奇里，展开了疯狂的追求。

杨修将近两个月的大学假期，都住在老家的房子里。每次跟杨修一起出去，我都会有意地带着伊然一起。自从我知道了伊然的心思后，每次三个人在一起，总觉得自己有点多余。

有时，我会刻意地回避；有时，也会给伊然创造点时机。终于，一天中午，三个人一起默契地打破了这种尴尬的僵局。

这天放学后，杨修带着我一起去喝东西。我习惯性地叫了伊然一起。

杨修随口问了句："伊然，你喝什么东西？"

伊然带着小女生的娇气，讨好着说："我喝和你一样的东西。"

杨修又看了看我，问："蓝蓝呢？"

没等我回答，伊然为了表现自己，兴致勃勃地替我回应了句："蓝蓝肯定还喝那个冰凉的酸东西。"

杨修略带关心却有点儿介意："蓝蓝胃不好，今天怎么能喝那么凉的东西呢？"

伊然看似有点儿在意，还是勉强地笑了下："那就跟我们喝一样的吧。"

杨修不知哪来的脾气，有点儿不乐意地对伊然喊了句："你知道我今天要喝什么吗？你怎么知道蓝蓝愿不愿意。"

就这样，两个人为了一个关于我喝什么的话题，开始了口水战。很明显，杨修关心了我，让伊然产生了醋意。

我像个局外人，看着他们两个针锋相对地口水满地却插不了嘴。实在忍不下去，我拿起桌上的玻璃杯，狠狠地往桌上摔了下去。

伴随着玻璃的碎片声，瞬间，耳边安静了下来。我看着自己被玻璃碎片划伤了的手，淡淡地说了句："其实我只想喝一杯柠檬水。"

或许是因为一向温顺的我爆发了脾气，口水战就这么草草了事地过去。气氛却很压抑，各自喝着各自的饮料，没有了任何能聊的话题。

我抑制已久的情绪，终于还是忍不住想要释放，百般无奈地打破了眼前的沉寂。看着自己眼前的玻璃杯，透过杯中浑浊了的柠檬水，看着对面面无表情的杨修，很自然流露出一句："杨修哥，伊然只是有点儿吃醋，其实她喜欢你。"

杨修的反应实在过激，大声地呵斥着我："你知道你自己在说什么？我多大年纪，你们才多大年纪？"

我有点儿着急，看着一旁静若处子、动若脱兔的伊然，叽叽歪歪着："伊然，你倒是自己也说句。"

伊然显得很不情愿，冷冷地回应着："我比蓝蓝大一岁，我十五，杨修二十。我不觉得年纪有什么问题。"

杨修听后却越发的生气："你知道什么叫喜欢？我可不想坑了你。"

感觉自己的情感被拒，伊然不可控制地发了脾气，以最大分贝的音量对杨修喊着："那你就宁愿坑了蓝蓝……"

我不明白怎么会和自己扯上干系，困惑地看着情绪激动的伊然："伊然，我在帮你，你还想不想跟杨修哥在一起？"

伊然则变本加厉，不假思索地脱口而出："蓝蓝，你真看不出杨修喜欢你？"

我站起来，极力解释道："你又来了，我们只是哥哥和妹妹的关系。"

伊然依旧不依不饶，指着杨修，没大没小地质问着："杨修，你自己说，你真的只把蓝蓝当妹妹而已？"

瞬间，我有种满腹苦水吐不出的感觉，也把矛头指向了一旁沉默的杨修："杨修哥，你告诉伊然，我们是什么关系。我看她有点儿神志不清，像条疯狗，自己得不到就乱咬人。"

伊然并不想跟我多费口舌，有点要崩溃地嘶喊着："蓝蓝，你能不能别这么单纯。杨修，你自己说，别做伪君子。什么哥哥妹妹，又不是亲兄妹，哪有那么简单的关系。"

伊然越来越高的分贝，几乎把我激到了极点，我深呼吸，克制住情绪，带着警告的语气："伊然，你今天有点儿过分了。你要不是我最好的朋友，我早就想过去抽你。"

无论我说什么，伊然都不理会，言语交锋不断地升级，肆意地发泄着自己的情绪："蓝蓝，你别跟我较真儿。你说他是谜，我看他就是连实话都不敢说的屁……"

　　我和伊然都控制不了自己的情绪，火药味越来越浓，杨修却仍然在那低头不语。在我和伊然的骂战里，他的无声无息像是在挑战我们坚固的友谊。

　　旁边座位喝东西的几个男女，大概实在忍受不了我们的"惊天动地"，飞了个杯子过来示威。我来不及闪开，眼看要砸到我的手臂，伊然却飞快地挡了过来，砸在了她的后背。

　　杨修这时才反应过来，冲过去和那桌人打了起来。打架达到了伊然发泄情绪的目的，她也参与了进去。我和服务员一起，不断地尝试拉开两伙炸开了锅的男男女女。

　　直到警察赶来，事态才得以控制下来。每个人都被那个叫"冲动"的家伙发了点值得纪念的东西。杨修的纪念品是衣服被扯得稀碎，伊然的纪念品是后背像被拔了火罐似的替我挨砸了的玻璃杯，我的纪念品最特别，在脸上，拉架的过程中被无数的手指在脸上划来划去，几道红色的瘀痕印在那里，如此艳丽的颜色渲染成我青春最美丽的色彩。

　　这场风波过后，杨修果断地回了石家庄。

　　伊然，也逐渐从还没开始就以如此大的排场结束了的失恋阴影里走出来。

　　杨修偶尔还会来看我，伊然也还是和以前一样，屁颠儿屁颠儿地跟在我的身后。只是，除了我，他们两个谁也不再提起谁，仿佛从没认识过彼此，默契地选择了用同一种方式去释然和忘怀。

第六章

在罗大佑的《童年》声中，迎来了跨世纪的2000年。似乎从这一年开始，所有人都迷恋上了书信。而我的迷恋主要源于那些漂亮的信纸，我酷爱收藏。我对伊然说：它代表了这个时代，属于我们这代人的时代。

这一年，我跟杨修"重归于好"了。他每有假期都会回来看我。我还是依旧会亲切地叫他杨修哥，他也还是肆无忌惮地叫我"小丫头片子"。

出于我对信纸的迷恋，他时常会让同班的女生帮他买些"娘腔"的信纸，写信给我，跟我讲发生在他每天的大学生活里的趣事。

譬如：他吃了学校食堂的面条里有根像老鼠尾巴的东西；睡在他上铺的兄弟起了个有才的名字叫"喂鸡"（魏基）；寝室里所有男生的内裤都放在一起，石头剪刀布，谁输了谁来洗；一个男生谈恋爱花光了他半年只吃饭不吃菜的积蓄……

我难得也会回封信，发泄下对学校不断补习的火气。一天中午放学，我去信箱看信时，看见一张地址栏上没有姓名没有班级的明信片，张贴在挂失栏那里。

我好奇地拿了下来，仔细地看了下去。明信片上只有四个字，用调皮的卡通字迹清晰地写着：尹颜亲笔。

我瞬间脑子一片空白，让我想起几个月前在机场和伊然走散的经历。嗖儿地把明信片往裤兜里一塞，以最快的速度离开了那里。

回到家，摸不清什么情况的我，大惊失色。尹颜两个字像断片了一样，时不时出现在我的脑子里。过了那么久，我也差不多忘记，却还是出于好奇按照明信片上的地址寄了封信过去。

信已寄出一个星期，仍没有回应。日子却一天天地过去，我开始有些着急。

体育课上，自由活动，我和几个同班女生蹲在一起，正在热火朝天地聊着女孩儿之间的小秘密。一个男生过来挑衅，手里拿了个漂亮信封，非要我给他买支当时最流行的圆珠笔。

对于这种赖皮，我通常都懒得搭理。那男生还很不服气，像是抓到了我什么不好的证据，把我叫到两栋教学楼之间的角落里，我二话没说就直奔他过去。

他一副流氓腔地笑着，看上去比以往都顽皮，还把信封放在我眼前晃来晃去，得意地说着："不给我买圆珠笔，我就把这封情书拿到教室里，让所有人都另眼相看你这所谓的美女……"

我当时看他得意的样子，唾弃地说了句："真是垃圾。"不得已，还是给他买了圆珠笔。他坏笑着把信递给了我，我心想：还算是有点信誉。接过来，就立即放进了书包里。

我回到家第一件事就是躲到厕所里。偷偷地看着信封，简直是可爱无比。小心地撕开，小小的字整整齐齐地排列在漂亮的信纸里。

亲爱的小孩：

你运气很好，尹颜是我。

我运气不错，蓝蓝是你。

从这封信的短短十八个字开始，我就频繁地以书信的方式和尹颜联系了起来。这次，我并没有打算向伊然隐瞒生活中有尹颜的存在。几次书信后，我开始了解了尹颜，并时常把尹颜的事一起分享给伊然。

尹颜，比我大四岁，这一年她十九，在读高中二年级。她有一个可爱的妹妹，可是就在妹妹出生不久，父母就离异了。母亲扔下两个女儿，不知去向，妹妹一直寄养在姑姑家。她十二岁时，父亲和几个朋友一起去了赞比亚务工。为了回报姑姑的养育之恩，她做起了义工。

几年前我在机场碰见尹颜时，是她自十二岁后第一次见父亲。支离破碎的生活造就了她独特的思想和坚强的性格。

信中尹颜用深层次的思想对年少无知的我这样阐述自己年仅十九岁的人生观："读书可以让我的视野变得辽阔，只有走出去才能让我对世界有新的认识。一直被别人帮助，所以帮助有需要的人是我毕生的梦想。美源于内心，心灵是美好的，世界就是美好的。"

在我和伊然对亲情还只是有点淡泊的意识的时候。对于父亲，尹颜却有着对亲情更浓厚的理解。信中她这样写道："那天在机场里，我在众多的面孔里迷失了意识。父亲一直很古朴，可是当我看见一个又黑又瘦的父亲出现在我的面前的时候，我却不敢相认。赞比亚劳碌的生活彻底地改变了我质朴的父亲。而父亲的质朴却一直在感动着我……我觉得父亲完全没有必要为我和妹妹做如此的牺牲，毕竟：贫穷的只有生活，富有的却是思想。但是我还是会很感激父亲，他让我明白，只有那些有需要的人得到了帮助，他们才会从真正意义上看到世界美好的一面。否则丑陋永远像恶魔，坐拥美好，摧残心灵。好的心情来自于美好的事物和对美的追求。"

几乎所有的信里，尹颜都在滔滔不绝地阐述着她伟大的人生理想。她的话鞭策着我也激励着伊然，让我们不仅对尹颜有了新的认识，也让我们的人生有了新的方向。

当时在我看来，在尹颜面前，我是个没有勇气的倾听者；在伊然面前，我却是个固执己见的倾诉者。

这种书信持续了整整一年的时间，我把我们每封来往的信件都整齐地存放在家中的书桌里。

伊然总会很不理解地问我："你留那么多没用了的废纸干吗？"每次我都会紧紧地皱起眉头，很认真地告诉她："这里是财富，有太多值得我和你学习的东西。"

初中三年级，在伊然为爱力挽狂澜时，却迟迟没有迎来我叛逆的青春期。反倒在尹颜的指引下，我开始知道了学习，而且更加努力。我开始操心起伊然，很担心她的学习，怕上了高中就没法继续混在一起。

这一年，我十六岁。杨修大学毕业，用父亲的慰问金创办了自己的公司。一直想走出去的尹颜也如愿地提前被首尔大学录取。

春节刚过，杨修就带着他的弟弟杨杰回来探亲，也顺便看了眼我。我叫了伊然，让她一起。大概是因为伊然心里还没有摆脱杨修的存在，果断地拒绝了。

杨杰和我一样大，这是我第一次见杨修的家人。初次见他，是在杨修老家的房子里，我还是那么认生，人多时总是有点儿磨不开。杨杰一直在目不转睛地看着电视，没有看我一眼。

饭桌上，杨修让他给我倒饮料，他拿着一大瓶可乐，很不情愿地凑了过来。我不自觉地开始打量起他：眼睛和杨修很像，皮肤有点儿黑，还算俊朗。紧紧握住可乐瓶的纤长的手指引起我的注意。

我率先打破僵局，问他："你会弹钢琴是吗？"

他点了点头，没有说话。我趁机想夸夸他，拍拍他的马屁，讨好地说："我就知道，一看你就有艺术气息。尤其是手指，好长好美丽。"

他完全把我当成了空气，也没感觉到一丁点儿的赞美，自顾自地吃着菜，没给我留一点儿余地。我有点儿心疼他缺失了父爱，于是母爱大发，对他格外关心，不断地给他夹菜。

杨杰则很不屑，趁杨修去盛饭的一点点时间，还不忘趁机瞪下我。我们的相见不知是哪不对，并没想象中那么顺利。

看杨杰如此的闷，因许久未见，我心血来潮地转移了话题，关心起杨修的情感生活。

我说："整个大学你都没谈一个女朋友吗？还是背着我搞起了地下活动？"

杨修说："小丫头片子，早熟啊你，等你成年了再告诉你。"

我说："我都十六岁了，还不算成年？"

杨修说："那你倒说说，有没有趁我不在的时候早恋，跟哪个帅哥谈情说爱了？"

我说："说爱倒没有，我就是偶尔跟三五个朋友一起谈谈情……"

突然，一直闷在那儿的杨杰，一脸兴奋地插嘴说话了："弹琴？你也会弹琴？"

我捧腹大笑着："我说的是谈情，不是弹琴。不过我对弹琴也有兴趣，我倒是很愿意跟你学习学习。"

杨杰的幻听实在是有艺术家的功底。趁他开口说话，我开始自毁形象地调侃起来。这种调侃像是对上了杨杰的胃口，他情绪大涨，以至于胃口大开，拼命地吃着桌上的东西。

这种氛围让我自在了许多，我低头喝了口可乐，哼起了小曲。小曲似乎又一次刺激到艺术家对音符极其敏感的神经，杨杰不知哪根筋被刺激，突然从对面敏捷地坐到我身边来。看到他的喜怒无常，我变得无语。

他嬉皮笑脸地看着我，不知在打什么坏主意，很有逻辑性地脱口而出："不如我们定个娃娃亲，过些年时机成熟，咱俩就在一起，这样哥就不用两边跑来跑去。我是他弟弟，当然也得敷衍下你，我虽然有点儿讨厌你，但你的长相我还是比较满意。"

杨杰的开口，简直就是暴风雨的前奏，对我而言，未免过于猛烈些。可能是思想还没开窍或者情商太低，我从来也没想过和谁在一起有多么的开心或者是否甜蜜蜜。

杨杰简直一语惊人，他的口无遮拦让我有点儿羞怯地低下头，静观其变。余光中，看见杨修有点震惊地拉长了脸。静了好一会，杨修突然喊着让杨杰滚回自己的地方去。

感觉自己内心有点儿受挫，我冲着杨杰甩了句："永远也别让我再看见你。"接着看了眼杨修，转身摔门而去。好好的一顿饭就这样不欢而散了。

没过几天，杨修就带着杨杰回石家庄去了。我情绪不是很好，本想写信给尹颜，让她帮忙梳理。可每次对着信纸，都会愣住，不知该如何下笔。

看见伊然，我还要故作镇定。不敢和她提起，和杨修相关的一切都成了我们之间特别敏感的话题。

回到石家庄的杨修，一直忙于工作。不知是在生我和杨杰谁的气，连续两个月谁都没有信儿。我则为了中考一直忙着复习，根本没空把任何人任何事往心里去。

班级里，很多同学已经跟不上正常进度的学习，选择了放弃。有的辍学走进了社会，有些则到技校去。我和伊然也并不喜欢学习，却还是没有目的地努力坚持了下去。

在一样的年龄里，我们被迫地选择了去拥有不一样的花季。

就在这个明媚的春天里，我顺利地考上了高中，将父母的骄傲融进了我奔腾的血液里。窗外的阳光依旧美丽，我却总感觉我不再是我自己。在一个半传统半保守的年代里，我就这样被埋在了这座煤炭气息的城市里。

爸妈们都在因自家的孩子上了高中庆幸不已："别人家的孩

子"也因此而沾沾自喜。我却沉浸在母亲为我拿的"巨额"学费里，哑口无言地被大人们有意无意地忽略我的自尊心去比来比去。无法想象我的人生会是在大学里，也不知梦想到底是什么东西。

伊然虽然也很努力，却还是与高中的校门挥手而去。与生俱来的优越家境，给了她另一个更好的去处。父母把她送到了国外去，那里一定比她流连忘返的沈阳还要美丽。

即将分别，我们都身不由己。曾经的一句玩笑，让我成为伊然天大的笑柄。她说："我就是只乌龟，只能有质无量地活着，再怎么努力也追不上你灵动的步伐。"在时常喝东西的小店里，不得已我们告别了彼此最宝贵的友谊。

伊然说："蓝蓝，在国外我还是会想你。"

我说："我也一样。可是光靠想念也改变不了缺失了的东西。我再想你，也只是在对你的想象里，现实里还是没有你。"

伊然说："我们都会认识新的人，结交新的朋友。我走了，还有尹颜陪你。"

我说："那谁来陪你？"

伊然说："我不知道，总会再认识别的人来取代你。"

我说："那我还是不是你最好的朋友？"

伊然说："当然，我伊然（依然）在这里。"

接着，我们谁也没有再说话。我摸了摸伊然曾替我挨砸而受伤的背，然后默默地喝着我最爱喝的酸东西，眼泪一直翻滚在我的眼睛里。眼泪同样也在伊然的眼睛里，她眼圈泛红，一直看着我喝东西。

　　面对离别，无须太多话语，一切都在心里。说再多也改变不了，只会让美好的话语显得苍白无力。

　　这次短聚后没几天，伊然就去了国外。我没有选择为她送行，想让她快乐地离开，离开这里去追寻更大的舞台。

第七章

我总是意味深长地感叹着我的高中时光，总觉得那应该是我最单纯、最认真和最有爱的年纪。待我老去，或许还会陶醉；或许仍会在心里念起，那段最美的时光和世上最甜蜜的话语。

即将升高中的暑假很长，除了伊然，一些朋友也没法再和我一起嬉戏打闹在高中生活里。无聊又不想提前补习高中的课程，让我因无人陪伴感到失落无比。

一个人走在已开花的草坪里，想着几个月没联系的尹颜现在应该在哪里：她在异国别样的空气里？在首尔热闹的都市里？在大学宽敞明亮的教室里？……总之，都是距离。

想象总是让我对自己的现状不停地委屈，也总是安慰自己，十六岁的我不能总生活在那些不切实际的幻想里。学习，或许是可以改变命运的武器，梦想也需要合适的契机。

我总是问自己：梦想是什么？

答案却总是说不清，也道不明。或许是简单地生活在同一片蓝天下，不用学习，有人羡慕你的才气，身边有我有你。

整整一个假期，我都在思考学习的意义。并不断地告诉自己：在志学的年纪，就应该安分守己。不辜负父母，对得起自己。

这种消极的情绪持续很久都没有过去，可能是我提前到了人生的迷茫期。

尹颜的信就在这时，雪中送炭地飘到我的手里，她知道我被落单，想在临走前来看看我。

带着被首尔熏陶的一身香气，尹颜出现在桂花飘香的八月里。我看到成熟的她，不禁自愧自己的荒谬是多么的不值一提。

看到尹颜成熟的美丽，我惊讶地捂住嘴："很难相信你还是机场里我看到的那个你。"

我把她带去了我以往聚会的"根据地"。习惯地要了一杯"酸东西"，控制不住内心的惊喜，告诉她："以后我一定会去首尔看你，看看首尔到底喜不喜欢你，你非要死皮赖脸地凑过去。"

尹颜哈哈地大笑，笑声能传出屋外几米。我借机笑她："以后少来跟我装淑女。"

她得意忘形地看着我："我猜你肯定没想过我会来看你。"

我不甘示弱地撇着嘴："我总想着长大后去看你来着。"

她瞄了我一眼，呵呵地笑着："你都十六岁了，还没长大呢。"

我不好意思地抿了抿嘴，转移了话题："你都二十岁了？有没有男朋友？我有一个哥哥很优秀，可以介绍给你。"

她一脸茫然着："什么哥哥？从没听你提起。"

我有点后悔，总是管不住自己的嘴，应付着："说来话长，以后慢慢告诉你。"

想着我大概是不想多提，尹颜也就略过了这个话题，关心起别的问题："之前一直跟你吃喝拉撒在一起的那个朋友呢？怎么没一起？"

我像拨浪鼓似的摇着头："你是说跟我走散的伊然吧？她……跟你一样，不太习惯中国这片土地，留洋去了。"

她幸灾乐祸地笑着："哦，志同道合呀。"

我狠狠地咬住自己的嘴唇："可惜没机会了，要么你们肯定得抱一起感叹相见恨晚呢。"

这个假期，尹颜一直在我家里。正赶上她二十岁生日，母亲为她买了个巨大的水果蛋糕。在二十根蜡烛汇聚的光亮里，我认真地送上了祝福。只有六个字：尹颜，永远美丽！她感动得频频点头，将一坨雪白的奶油涂抹在我的鼻头上，语笑喧哗着："这个颜色适合你……"这一刻，停留在我志学的年纪，也成了我继续学习的动力。

住在一起的日子，我履行了自己的承诺，老妈每天都做好东西给尹颜吃。她开心不已，激动地和我母亲说："我好多年都没吃过母亲做的东西。"

我有点心疼地看着她："我的就是你的，就算是老妈也没关系。"她甜蜜地笑着，眼泪不知不觉地落进了饭里。

我看着脸上写满了十万个为什么的老妈，像发现了宝藏似的指着尹颜的饭碗："妈，你快看，尹颜都会做咸泡饭了。"

老妈看了眼尹颜碗里掺和着眼泪的米饭，愣了好一会儿才反应过来我在说什么，瞪了我一眼，说："顽皮。"

尹颜用勺子盛了点自己碗里的米饭，硬是往我嘴里塞。调侃着："你快尝尝我做的咸泡饭好不好吃，要不要我给你加点配菜一起?"

我舔了下嘴唇上的饭粒:"肯定不是什么好东西。"

尹颜笑得前仰后合的,捂着肚子:"东北招牌菜,猪肉炖粉条啊。"(注:流眼泪时,往往会和鼻涕一起。东北粉条和人流的鼻涕长相十分相似)

我做恶心状喊着:"妈,她欺负我。"

老妈瞟了我一眼,甩了句:"活该。"

住在我家的这段时间,让尹颜有了久违的家的感觉,也让她对有着爽朗性格的我更加依赖。

每晚睡觉前,我们都会一起看着漫天璀璨的星星发呆。她时常偷看我,我猜她是看我都这么大了还少不更事而感到无奈。而后,我会光明正大地看她,直到看到她不好意思,然后问我:"在看什么?我的脸难不成比镜子还神奇,能让你看见星星?"我会咧着嘴,一笑置之,却从没敢告诉她:"此刻,你才是我心中最亮的星星。"

每天一起吃饭,一起睡觉,两个一起挤在我一米二的单人床上。几次,我半夜醒来,都发现尹颜睡在地上。我总会看着她睡觉时四脚朝天的样子,想着伊然临走前说的话,我想伊然的话是对的。

的确,情感的缺失是需要填补的。人是情感动物,没有谁是谁永远的谁,有一方离开,另一方终究要被取代。

高中开学前夕,尹颜只身飞去了首尔,去追寻她企盼已久的梦想。只剩下我一个人在这里,去慢慢地领悟,梦想到底是什么东西,它为什么会让人充满了动力。

　　高中一年级，还没有分文理。在五十多人的普通班级里，如果长相不是特别清新秀气或许没有人会在意你。我默默无闻地萌芽在这样的环境里，很压抑。

　　尹颜偶尔会从韩国写信给我。每封信笺里，都不忘鼓励我好好地学习，不要着急去追求真我的自己。偶尔还会寄些首尔的零食，让我体会下偷吃的甜蜜。

　　整个假期住在一起，的确促进了彼此的友谊。尹颜成了我精神上可以填补的空虚，我却意外地成了尹颜的私人物品。

　　每封信里，尹颜都会反复地告诉我："不管交多少朋友，在你心里除了我谁都不可以，等到以后再聚，我会给你任何想要的东西。"

　　尹颜的洗脑，让我渐渐地失去了交朋友的能力。简直是不可思议，多么可笑的话语，可我却坚信不疑。在尹颜面前，她的成熟迫使我从没有疑问句，只有可以或不可以。

　　不知何时起，我改变了我强势的语气。或许是怕尹颜会对我置之不理。相反的，那些阴阳怪气总会爆发在我出现幻觉的精神里。在那里，我总会咬牙切齿地跟她说："我的朋友这辈子怎么可能只有你？"

　　我们的争吵反复地发生在昂贵的国际的信笺里。像两个失了魂的情侣，不知道在争什么东西，浪费了信纸的美丽。

　　再怎么争吵，我总会让她好好照顾自己，尹颜也不忘提醒我要认真学习。争吵了三个月，理智让我妥协地放弃。因为我发现，在我的精神世界里，我确实有尹颜一个朋友足矣。

　　高一刚刚迎来假期，春节生怕赶不及，就带来了它寒冷的春意和热闹的气息。尹颜选择在首尔自顾自己，说是春节无趣，只能窝在家里，外面被挤得也没一点儿缝隙。而我却记得她说："我要留着机票等着夏天回去看你。"我知道谁不想过年回家团聚，哪有那样的道理。

杨修这个名字，我也没有跟尹颜再提。不是因为我还在生气，只是到了一个懂爱的年纪，总觉得时常腻在一起，会让别人想东想西。

在这个寒假里，屋里到处流动着温暖的空气。杨杰似乎深受杨修的教育，随着窗外的韩流带着诚挚的歉意来找我，想让我到石家庄去。

他堵在我每天回家必经的路口，死缠烂打地问着同一句："蓝蓝，你还在生我的气？"

我蛮横地不讲理，也没有好气儿看他："你以为是你，我才没那么小气。"

杨杰厚着脸皮连番解释："对不起，那段时间我弹琴不太顺利，所以对谁都爱发脾气。"

看他大冷天里等了那么久，可怜巴巴的样子，我也心软了："你怎么一个人回来？杨修哥呢？"

杨杰一本正经起来："他让我回来跟你道歉，如果你接受，就让我带你一起到石家庄去。"

我故意甩头就走："那你直接跟杨修哥说我不接受你的道歉好了。"

杨杰吓得屁滚尿流地跟在后面："别呀，那我也不敢回去了。是不是你爸妈的问题？"

　　我看着他紧张的表情，像马戏团里的小丑似的，也就不忍心再折磨他："那我们明天去，我后天就必须回。"

　　杨杰立马喜上眉梢地接过话："那明天一早我来接你。'

　　回家后，我想了个办法，告诉爸妈明天睡到同学那里去，爸妈爽快地同意。我心里有数，我生活一向独立，这个理白绝对可靠没问题。

　　第二天一早六点，杨杰就在我家的楼道里等了。下云时，看见他的耳朵被冻得通红，手也有点肿，便把我的一只手套拿给了他。

　　刚刚下过雪，路上有点结冰。我拉着他戴着手套的那只手，脚上不停地打滑，缓慢地在后面跟着。

　　车上，我因起得太早有点儿晕车，就靠着窗边的玻璃眯睡着。杨杰很小心翼翼，像变了一个人，一点儿也没有了以往桀骜不驯的脾气。一会递水给我，一会怕我的头会撞壁，还好心地把肩膀凑过来让我依。我假装不知道眯着眼睛呼呼地睡起　有点尴尬不知道怎么回应他的好意才合适。

　　杨杰以为我还在生他的气，就一直在我面前嬉皮笑脸地扮鬼脸假装淘气。还时而在我耳边低声细语："蓝蓝，你大人有大量，把以前不开心的话忘记呗。"

　　我眯着眼睛，全看在眼里。他浪子回头，我也没那么小气。像女汉子般，起身拿起一瓶水说："臭小子，干杯！不开心的事都随它去。和我相处哪有那么不易，说回来，认识我你还算占了便宜。否则就凭你，到哪能认识到我这样的美女？不过，你的长相我觉得我有点儿亏，做我弟我还得再考虑考虑。"杨杰被自打耳光，在一旁龇牙咧嘴的，一口口地吞着矿泉水。

晕车让我时不时地有点反胃，挣扎了很久，还是没忍住吐了几口，全被杨杰的裤子接住。我边吐边喊着对不起，看着自己胃里被消化了一半的东西是如此的惨不忍睹，还伴有酸溜溜的气味儿在空气里，以为这家伙肯定得大发脾气。

出乎我的意料，杨杰竟然心气很好地帮我捶背，还把我背到了卫生间去。我洗了洗脸，清醒一点，看着杨杰的裤子，不仅看着有伤视网膜，就连空气里也全是酸臭味。

旁边路过一个阿姨，满口的河南口音，一边满眼爱意地看我，一边不嫌弃地拍了拍杨杰的肩膀，不知想到哪里去了："小伙子，对你女朋友真好，还挺会照顾人的嘛。"

我正要极力解释，杨杰就抢先很顺口地回了句："男人嘛，就得对自己的女人好一点。"我恨铁不成钢地瞪着他，报复性地用力掐住他的大腿。

舒服一点儿后，我回到座位那儿，到包里翻了一条我的裤子递给了杨杰，让他换上。杨杰表情很狰狞地看了看裤子，又看了看被我吐得一塌糊涂的大腿，说了句："豁出去了，给你装把美女。"紧接着接过裤子，就跑进卫生间了。

我走过去，靠在卫生间的门那儿，等着看好戏。只听见卫生间里叮咚叮咚地撞了几下后，门被打开，杨杰穿着我粉红色的灯笼裤走了出来。我忍不住笑出声来，抓住机会，用食指点住他的下巴："小妞，过来给大爷笑一个。"

杨杰把屁股一翘，摆了个 s 型，故装娘腔地来了句："大爷，您看我够妩媚吗？"

我顺手打了一下他的屁股，故装男人粗犷的声音："臀部还不够丰满。"

杨杰嗲声嗲气地哼了一声，就扭到座位那去了。我随即也跟了过去，坐下后，看着杨杰像金华火腿似的大腿，幸灾乐祸地提醒着："小心点我的裤子，别给我撑坏了。"杨杰立刻摆了个兰花指，调戏似地说："别担心，人家还没发育呢。"我实在忍不住，一路上笑得我岔气几次。

下午四点，天色已朦胧地暗下来，车厢外一阵生冷的斜风拂面，我揉了揉面颊，深吸一口冷气，石家庄到了。

对这个城市，除了"灰秃秃"的感觉，我别无印象。或许是舟车劳累，也没有心思去看任何的风景。

下了车，杨杰大大咧咧地提着大包小包的东西，在前面领路。我就像解放了似的，漫不经心地拉着杨杰身后的书包带子，以低频的小碎步紧随身后。

不远处的出站口，杨修早已等候在那里。自从上次不欢而散后，又是半年未见。再相见，我精神抖擞地像颗尘埃，满心期待地出现在他的城市里。

在这个陌生的环境里，就连空气的味道都截然不同。在杨修面前，我看看杨杰，再看看自己，两个人就是个发育不完全的小屁孩，乳臭未干，满脸的稚气。我唯唯诺诺地把脸躲在像个棉花糖似的大衣里，脚下的步伐也跟着呼吸的节奏配合在一起，双手死死地拉着杨杰的书包带。

杨修一身单薄的西装站在这么冷的天气里，也不知等了多久，身上全是凉气。看见他，我有点儿不好意思，小声地在他耳边说了句："这身西装真帅气，很配你。"

杨修看了看西装，自言自语："哦，原来我是沾了衣服的光儿，只是西装帅气……"

我赶忙解释着："是你，是你帅气，西装跟你不好比。"

杨修还像小时候一样，摸着我的头："小丫头片子，你懂什么，还帅气……"

我夸赞了杨修，一旁正穿着粉红色灯笼裤的杨杰，显得有些不服气，却依旧装作一副无所谓的样子，不敢再胡言乱语，只能默默地叹气。

杨修用他犀利的眼神暗示我，告诉我杨杰在妒忌。我心想：都是男人，有什么可比来比去，更何况还是亲兄弟。

我大方地走过去，像哥们似的拍了拍杨杰胸膛："你长大了肯定比哥神气，你看你把灯笼裤穿得多有型，哥穿上肯定不如你。"杨杰呵呵地笑着，顺手接过我手里的矿泉水，放进了他的背包里。

沿途的路上，我跟杨修有声有色地讲着杨杰换裤子的囧事，到处都是融洽的痕迹。杨杰插不上嘴，怕我饿着，在一旁不停地给我递吃的东西，一会儿他喂我一块饼干，一会儿我再喂他一口水。透过后视镜，杨修全看在眼里。

一路上有说有笑，不知不觉就到了杨修的家里。一进门，没看到他的母亲，杨杰解释说，是还在单位里。我本准备了一肚子拍马屁的墨水，也只能当作白开水暂时先喝下去。

在这个温馨的房间里，到处都挂满了男生喜欢的各种"兵刃利器"。杨杰说："哥大学毕业后就已经住到了外面去，这里已经是我的天地。"

角落里放了一架钢琴，我不自觉地坐了过去。杨杰也随即过来，情不自禁地拿着我的手指缓慢地弹起……

刚弹了几个音，门铃就响起。杨杰飞快地跑了过去，门被打开，一个典雅端庄的中年妇女站在那里。杨杰叫了一声："妈，你今天怎么回来这么晚。"听到后，我也紧随着走过来，叫了一声阿姨，刚要说后面点缀的话就被杨杰拉到了客厅去。

饭桌上，摆满了杨修亲自烹饪的菜肴，看上去就很鲜美多汁、干脆爽口。杨修的母亲不断地给我夹菜，还帮我倒水，面相看上去温柔无比。

我一边连忙地说着谢谢，一边还不忘美言几句"阿姨看着很年轻，还是那么的风韵犹存，犹如夏日的艳阳般美丽"。她看着我，一言不发，优雅地笑着。我感觉很奇怪，也不敢多问只有低头吃菜。

饭后，杨修就马不停蹄地去公司加班，杨杰一直陪着我。他偷偷地告诉我说，自他父亲去世后，母亲就很少开口说话了，让我不要介意。我震撼不已，我突然明白了杨修在这个家庭中的意义：不管经历多少风雨的洗礼，都要自己扛起，且只字不提。怪不得每次看杨修笑起来，都有着一种与众不同的美丽，这也许就是一个成熟的男人的魅力。

傍晚，冰天雪地的天气，杨杰非要拉着我出去。我跟着他，嘴里不停地吐着白色的哈气，艰难地走在有些结冰的路边，几次都险些跌倒，像只不会游泳的鱼，脚下滑来滑去。

在夜晚昏暗的光线里，黑灯瞎火地走了很久，好不容易才走到一栋五层高的楼房里。杨杰说，杨修刚开公司的时候就跟朋友租住在这里。现在这里只有杨修哥自己，两室一厅，60平方米，每次加班晚了他都会睡在这里。

杨杰熟练地打开有些生锈的门锁，然后一把就把我推了进去，像和自己没关系一样靠在门口的鞋架那里。

狭小的空间里，客厅的墙壁上琳琅满目地挂满了各种手绢，瞬间唤起了我儿时的回忆，感觉好像又回到了梦里。

我看得目瞪口呆，愣头愣脑地站在原地。一旁，杨杰告诉我："哥说，这是他送你的礼物。以后每年放假你都可以过来住在这里，这样这些手绢每天晚上就都会出现在你的梦里了。而且不用担心，即使醒来，它也还在。"

我频频地眨眼，目不暇接又不敢相信，我终于明白了小时候杨修所说的那些美妙的话语的真正含义。

这一晚，刚躺上床，我就甜美淡然地睡去。它们没有再出现在我的梦里，但我醒来它们却还在我的眼里。我的心里像是有了负担，满满的都是不安。一些鱼儿总是在我的脑子里游来游去，时而让我缺氧，时而让我泄气。

我总以为自己还小，还可以继续童言无忌。却根本没有在意十六岁的成人礼早已远去，我已童真不起。从我懂事起，天真它总是不忍心离我而去，我总觉得杨修他做什么我都能承受得起。

第二天，天刚刚亮起，我就被杨杰的闹钟从睡梦中拉回到现实里。头还和身体一起蜷缩在被子里，就闻到了一丝香喷喷的热气。我的状态立即从蜷缩变成直立，立即穿上了衣服走到客厅里。

杨杰优哉地坐在那里，一手抓着油条一手玩着游戏，嘴里还嘟囔着："蓝蓝，都是因为你，害得我还要早起。你看看你都喜欢的是什么破东西，你知道把那些手绢挂上去，浪费我多少力气。"

我揉了揉眼睛，摸了摸墙壁，像走了神一样："哦，原来手绢真的在这里。"

一觉起来，我总是分不清自己到底是不是在梦里，在客厅狭小的空间里，不停地徘徊，走来走去。却突然被杨杰扔过来的一根油条打回了原型，接着又被他的话给惊醒："快点吃，我们还要赶车去。"

我一边吃着油条，一边抢过杨杰喝了一半的豆浆："喂，在玩什么游戏？"

杨杰飞快地又把唯一的一碗豆浆抢了回去，故作恶心状，鄙视地看着我："你没刷牙？"

看着他矫情的样子，我对他哈了一口气："怎样，熏死你。"接着看了看时间，扔下油条，就飞快地闪了出去。

练过田径的我，在关键时刻势若脱兔。在前面十万火急地竞走着。杨杰在后面提着我的行李包，一边赶一边声嘶力竭地喊："你慢点，你走错方向了，不在那里。"

我气喘吁吁地掉头回去，冲他嚷嚷："我走了，你赶紧锻炼身体，一看就是没发育，吃饭像小鸡吃米不说，就连走起路来都像个不倒翁，摇来摇去的有气无力。"

跟时间赛跑，两个人勉强狼狈地赶上了去火车站的小巴车。路上，我不停地对已结霜的车窗玻璃叹气。杨杰看了我几眼，开始忍不下去了，淡淡地说："不就是有人喜欢你嘛，不至于。"

我极力掩饰自己的情绪："谁喜欢我？难不成是你？"

杨杰信以为真地看着我："你不知道哥喜欢你？"

我直翻白眼："他跟你说的？"

杨杰一副小大人的姿态："当然不是，男人之间的感觉。"

我松一口气："等你发育了，再跟我谈感觉吧。"

杨杰不依不饶着："我可从没见过哥对别的女孩这么好过。"

我继续强词夺理地辩解："哦。当然。除了我，就凭你，还能见到别的美女？我是她妹妹，总归有点特殊的待遇。"

杨杰被我说到底气不足，不再搭理我，独自看着窗外。车站那头杨修很早就已经过去，还是一身的西装嗦瑟在冷风里。

我抱怨着杨杰："都是因为你，出个门都磨磨叽叽。"杨修看着杨杰，杨杰一脸的无辜相，对我表示很无语。

站台上，杨修一直用手掌心残留的一点温度，摸着我被风吹乱的头发，告诉我让我暑假了再过来。并示意一旁的杨杰，把提前买好的一大袋零食递给我。

我接过后，只轻声地说了句再见，就头也不回地心事重重地上了车。列车只停了两分钟就疾驰而去，我坐在车厢里，隐约地看见，杨修带着杨杰还站在原地。

回到家，爸妈并没有问起我住在同学家里的情况，他们一直觉得我不可能会惹别人生气。我大部分时间都奔波在两天往返的火车里，也没吃什么东西，更不愿多想，早早地就睡去。

第八章

人生总会遇到很多大大小小的选择，你无法断定做何种决定才是正确的，因为任何选择的结果都不是绝对的。毕竟，没有一种结果，能让你像太阳一样，永远都是发光发热的。即便是太阳，也不会同时温暖整个地球，也不会阳光四射到人们所走过的每一个角落。

下半学期，学校开始文理分班。我听了尹颜的话，选择了学理，最爱的文科就这样扬长而去。

分班后，不大的班级里，开始有同学注意到我的"形单影只"。静谧时，偷偷地问我："为什么你总是一个人晃来晃去？"我说："摩羯座都是喜欢自己面对自己，注定了必须选择孤寂，否则肯定活不下去。"对此，同学付之一笑，说："你不去学文科，真是可惜。"

从石家庄回来后，感觉自己像变了一个人。虽没有朋友却也不缺伴侣。如鱼得水地活跃在男生堆儿里，成了整个学校都在谈论的话题。

我偏激地认为：在十七岁的年纪，有追求才会有向上的动力，追求者越是帅气才能证明自己越有魅力。往往存在感都是活在别人对自己的肯定里，尤其是在自己天生丽质或是擅长的领域。

但是，我根本就不会考虑去和谁在一起，毕竟风花雪月不是我擅长的武器，如果玩捉迷藏的游戏还可以考虑考虑。

杨修偶尔寄来的信里，时不时会帮杨杰捎带一句："小杰让我告诉你，他正在发育。"每次谈到杨杰的话题，我总是会忍不住地在信里多问几句。

北方的四月，柳树发芽，桃树开花，地上的冰雪也早已融化。春天正在婀娜多姿地展现它春色满园的胸怀，却不知为何，突降了一场大雪。鹅毛大的雪花，一片片地飘在空气里，让眼前一切欣欣向荣的美景都染上了白色。

这场大雪过后，道路严重结冰，让这座城市里所有的学校都停了课。无论是大人还是小孩儿，都在社区的组织下开展起了除冰的工作。

杨修得知后，匆忙地从石家庄赶来。在他以往经常出入的小区门口，看到了正在拿着锤子发泄似的疯狂地在砸冰的我。

他并没有叫我，而是蹲在一旁仔细地打量着，像是在欣赏天然的美景，看着我被冻得红通通的小鼻头，呵呵地傻笑着。

一旁，母亲打扮得富丽堂皇，手里却拿了把干农活的铁锹。看着我心不在焉的样子，对我喊了句："想什么呢？看着点，小心手。"

我被突如其来的一嗓子吓了一跳，话音还没落稳，就很给力地一锤砸在了自己的手背上。

手一直砸冰裸露在外，被冻得已经没什么知觉。只见手背上被印上了一个锤子形状的淡红色的圆形，有点麻麻的感觉。

我一边费力地揉着手，一边不耐烦地对一旁的老妈叫苦连天："老妈，你嘴巴开光了！"

杨修一听到我在喊老妈，估计脑子里立即浮现出住在平房的时候无意中把我"带丢"的那件事。被吓得蹭地一下，就像做贼心虚似的钻进一旁的小店里，躲了起来。

母亲看见我的表情，好像疼痛难耐的样子，放下手里的工具，心疼地走过来，帮着我揉起了受伤的手。嘴里还一直念叨着："我嘴巴要真能开光就好了，马上去买注奖券，中个大奖直接把你送到国外去。"

我在一旁嘿嘿地笑着："妈，你看我多听话，你说砸我就真砸了。你才不舍得把我送出去呢。"

母亲撇着嘴："以前怎么没看你这么听话呢。"

我耍起了孩子气，靠在母亲的身上撒娇起来。看着母亲关心我的样子，鼻子里酸溜溜的，心血来潮地说了句："妈，我做饭给你吃吧。"

母亲满脸疑问地看着我："你饿了？那我回去做饭给你。"

母亲显然没领会我的用意，我有点失望地回应一句："不饿，人家是心疼你。"

母亲虽喜怒不形于色，心里却甜滋滋的："我当然知道你是心疼我了，我怕你饿着，你看你瘦的，多让人心疼。"

说着说着就只身往家走去："过一会儿回来吃饭，给你做红烧鱼。"

我看着母亲走在冰上蹒跚的背影，心里暖暖的："知道了，你慢点。"说罢，便又低下头一根筋地敲起冰来。

躲在小店里的杨修，泪眼汪汪地目睹着这一幕。大概是我们让他不禁想起了自己已故的父亲。

调整了下情绪，买了瓶水，一口气吞下了肚，深吸一口气，接着又风度翩翩地把手插进裤兜，昂着头从小店里出来，故装镇定地大步流星地走到我前面。

我蹲在地上，一门心思地砸着冰，视线范围内一双脚出现在冰面上，又不知哪来的"干活气"，火冒三丈地喊："谁的蹄子，拿走。"

杨修一脸愕然："小丫头片子，人长大了，脾气也跟着长了不少。没看见我这个活人在这里？"

我站起来，心里开心嘴上却不得消停："杨修哥，你能不能不要每次都这么神经兮兮地出来，没个预兆。"

他温和地笑着，摸着我的头："怎么，吓着你了？我看电视说你这结冰严重，不放心，就临时决定过来看看你。"

我一边扭捏着一边摸着被锤子砸了的手，解释着："今天出师不利而已。"

他担心地问："还疼不疼了？买点药给你。"

我摇了摇头："没事，外面冷，我们找个地方去吃东西吧？"

他拍了下我的肩膀："没良心的东西，快回家去吃你妈做的红烧鱼，我在老地方等你。"

我拿起工具就火急火燎地往家里跑去。

下午，在一直聚会的"根据地"，我透过有些结霜的玻璃，隐约地看着杨修一个人看着手机，坐在角落里。对面的位置上，还不忘帮我叫了一杯我最爱喝的"酸东西"。

走过去，我看了一眼杨修，见他一直在摆弄手机也没说话，就坐下喝着已点好了的东西。吸管里还故意地发出"嘶嘶"的声音，以引起他的注意。

杨修不得已把手机放到衣兜里，看着在他眼里永远长不大的我，开始关心起我的学习，抓耳挠腮地不明所以地问："你文科这么好，为什么要去学理?"

对于我自己也不知道的问题，我也无法回答，就随便找了个理由："只是想尝试下新鲜的东西，理科应该也没什么问题。"

对杨修而言，我的回答似乎有点不尽如人意。他付之一叹："那我们认识这么久，怎么只见你喝酸东西，没见你尝试过别的口味的东西呢?"说着，赌气似的，叫服务员拿了一杯蜂蜜水过来。

我有点心孤意怯却迟迟没有在杨修面前将"尹颜"二字提起。我总觉得这和杨修不存在任何冲突的问题。见事态不妙，不想牵扯出更多的问题，我直截了当地脱口而出："这是我自己的问题，我自己会考虑。"

杨修一口气被我的话堵在喉咙里，脸瞬间变成铁青色。或许是我的那句"我自己的问题"让他不知道他还能再说些什么。面对眼前这个他不愿相信已长大、也不希望长大的我，他此刻的表情，让我觉得他是那么的无能为力。

他苦不堪言地拿起服务员送来的那杯蜂蜜水，自己喝起来。似乎只有多吃些蜂蜜，才能把他苦涩的心情调节到愉悦。我却死缠烂打地非要抢他手里的蜂蜜水过来自己喝。

争抢中，杨修顽固地把杯子死死地握住，不肯松手，表情有点不自在，六神无主地看着天花板，另一只手不断地摇摆跟我示意："没关系，你尽管做你自己，哥哥会把最好的东西都给你。"

杨修的话让我心乱如麻，心如刀绞的我不忍心再用任何尖锐的话语去伤害眼前这个亲人般，视作至爱的人，而不忍闻，没有作答。

其实我很想告诉他："我想要的东西我会自己争取。"却因此时的害怕和胆小而被压在了心底。

我看着眼前这个已二十三岁的大男孩儿，他躁动不安地替我喝着蜂蜜水。我内心百感丛生，身体也不知不觉地左摇右晃起来。

他看着我心神不宁的样子，有点忧心忡忡地自圆其说："小丫头片子，我也只是随口一说。我对小杰也这么说的，你和小杰一样都是我的亲人。"

我目不忍视，心情却更加沉重了："我有父母，有姑姑阿姨，叔叔舅舅……我们没一点血缘关系，算哪门子亲人？"

他极力地澄清着："哥哥不是这个意思，我只是把你视作亲人，当亲人一样对待。我怎么对待小杰，当然也会怎么对待你。"

我目光如炬地看着他："既然如此，即使我早恋或者以后和别的男生在一起，哥哥都不会介意，是吧？"

我的话，太突然，突然到我自己听到后都毛骨悚然。他不敢看我的眼睛，如坐针毡地死撑着："当然，我会祝福你。"

我的眼泪再也坚挺不住，滴答滴答地落进杯子里，对杨修复杂的情感让我接近崩溃，失声地痛哭起来。

他并没有为我擦眼泪，也没有了哪怕一句感动的话语。而是自己躲到屋外，黯然地流泪，只留下一个高大的背影，让我清醒自己的存在。

这场大雪过后，让这个不大的城市有了新的洗礼，而我的心却随着这场大雪而冰封了起来。

六月的骄阳如火，并没有把我冰封了的内心融化。一早，我早早就到了教室，无精打采地看着让我厌恶的生物课本。几个男生跟我打招呼，我也是没精神地随便敷衍下。

看着课本上自己不感兴趣的细胞分裂问题，我的神经也一点点地分裂起来，不知不觉就趴在课桌上蒙头大睡起来。

还在迷迷糊糊地做着美梦，就被上课的铃声惊醒。我吓了一跳，猛地坐起来，同桌像蛐蛐一样，立刻趴在我的耳朵上嘀咕着："蓝蓝，你快看，咱班新来了一个帅哥，听说还是从外省转学过来的呢。"

正说着，就听见班主任老师的高跟鞋声从走廊传来。每次听到这熟悉的声音，都会让整个班级的人噤若寒蝉。

教室里，瞬间静了下来。嘎吱吱……破旧的门被推开，班主任面带笑容，从容不迫地走上讲台："同学们好！在上课前，让我们以热烈的掌声欢迎我们班转来的新同学。"

下面开始一片哗然，教室里一群"如饥似渴"的女生们激动地鼓着掌。

班主任看见大家如此地热情，还以为在回应自己，兴致勃勃地手舞足蹈着："请新同学上来介绍下自己。"

一部分男生像受到了心灵打击一样，不时发出"嘘嘘——"的声音。

讲台上，一个身高一米七左右的男生，腼腆地笑着："大家好，我叫杨杰，希望能和你们成为朋友。"

看到他，一直心不在焉的我，突然变得坐立不安，差一点儿就冲到讲台上去。同桌按住我，不怀好意地笑着："别着急嘛，有的是时间。"

我目瞪口呆地看着讲台上的人，自言自语着："你是故意的吧，不会这么巧吧……"

接下来的整整一节课，我都在全神贯注地盯着讲台上的语文老师发呆，投入的神情让老师不禁直流口水，躲在课本后面吐字不清地指着我："蓝雪，请看书，不要看我。"

原本鸦雀无声的教室突变鸡声鹅斗。我脸红地吐着舌头："老师，您也太节约了，估计家里连块镜子都没有。"

下课铃声一响，我就健步如飞地在众目睽睽之下，一把揪起新来的转校生，把他拖到操场上去。

我带着满脸的疑惑："杨杰，你怎么回来了？是杨修哥让的？"

杨杰诡异地笑着："人家发育了，急着回来让你见证我发育的过程。"

我似笑非笑的："好像是长高了一点……"

杨杰挺直了腰板，在一旁得意地看着我。

当时我一心觉着，杨杰是个开心果，外硬里香，若隐若现。不曾想过他突然的出现，会让我冰封的心开始慢慢融化开来。

中午放学，我跟着杨杰一起去了以前杨修住的老房子里。两个人有说有笑地走在一起，身后的口水吐满了一地，幸亏走得快，否则早就冲翻了我早年好不容易才修建的"黄河大堤"。

一进门，空荡荡的，墙上貌似长了些小黄点儿的霉菌，一股刺鼻的味道。杨杰直奔厨房，开始熟练地操起家伙，做起饭来。

我惊讶地看着他娴熟的手法："这你也会？还真小看你了。"

他全神贯注地看着锅里沸腾四溅的豆油："幸亏你一直小看我，要么我还真没什么东西能拿出来显摆的。"

我观察了下卧室的环境："你自己一个人住这里？怎么这就回来了？"

杨杰毋庸置疑地瞅着我："哥的公司太忙了，没空管我。妈……她去疗养院了。哥就让我回来上学，还可以跟你搭个伴。"

我心惊肉跳地看着他："搭伴没问题，可是，我可不会照顾你。"

他仰天大笑："你只管看着我是怎么发育的就行。"

没有油烟机，不大的厨房里，油烟漫天飞，呛得我们两个人不停地打喷嚏，你一句我一句地调侃着。

下午，我们刚进教室，就感觉气氛不对。杨杰灰秃秃地自己走到自己的座位上。我被同桌一把拉过去，在我耳边开始吹风："蓝蓝，没想到你动作这么快。班级里大家都在传你俩，说你俩肯定有一腿。有人看见你俩一起进一个门回家了。"

我有苦说不清，呸了一地口水，也懒得解释，自己走回了座位上，看起书来。

这种流言蜚语持续了整整一个月才结束。并不是因为大家对这个话题没了兴趣，而是迎来了盼望已久的长达一个月的暑假。

放假的第二天，杨修就把杨杰叫回了石家庄。杨杰和我说，母亲想他了。

我本想也跟着回去，可是一想到杨修，总会有点儿不自在，话到嘴边又咽了回去。当然还有一个更重要的原因，就是尹颜快回来了。

也许是因为我一直跟杨杰混在一起，气氛太 High 了，我已没心没肺到有三个月的时间没给尹颜写信了。因为太开心，也早把尹颜忘到了一边。

尹颜下了首尔的飞机，并没有回家，而是直奔我家里。正巧赶上这天我去车站送杨杰，杨杰刚上车，尹颜刚好从车站下车，擦肩而过，也差点让尹颜跟杨杰碰个正着。

尹颜提着厚重的行李箱，刚到我家楼下，我就鬼使神差地站在她身后。感觉身后有人，她习惯性地回头看了一眼，却看见我面无表情地站在那里："蓝蓝，你还是和小时候一样，那么喜欢玩捉迷藏的游戏。"

我送走了杨杰，兴致并不高："你回来了怎么不告诉我？这么突然。"

她看着我垂头丧气的样子："呵呵，你又没手机，我写信你也不回，怎么告诉你？"

我绕过她的行李箱，不知在想什么，一门心思地自己走在前："快点上楼吧，我妈看见你肯定特别高兴。"身后，尹颜提着重重的行李，一步一个台阶，艰难地爬着楼梯。

刚进门，尹颜就迫不及待打开行李箱，拿出了一大袋零食和一条漂亮的丝巾，喜笑颜开地看着我："蓝蓝，我的小馋猫，我就知道，我不把这袋吃的拿出来，你都不高兴了。吃的给你，丝巾给你妈。"

天生吃货的我，一看见吃的，又把什么都忘了。变脸比翻书还快，连忙过来喜出望外地翻着零食，口水几度要流出来都咽了回去。

她看着我开心的样子，喜不自胜："知道我有多想你了吧，回来第一时间就来看你。"我投入地翻看着那一堆零食，像个孩子般面带微笑地用极度满足的表情回应着。

在飞机上，身体就一直不太舒服的尹颜，下了飞机又赶了三个小时的汽车，看着有些面目憔悴。我让她休息会，她一头躺在我的床上就开始酣然入睡。

在她的呼噜声中，我有滋有味地吃着六百公里外的原装进口零食，狼吞虎咽着，却味同嚼蜡。

坐久了，觉着有点累，也想爬上床去眯会。还像一年前的那个暑假一样，两个人其乐融融地挤在一起。

一只脚刚刚爬上去，却发现床上已没我的容身之地。并不是因为尹颜一个人占了大半张床，而是我自己并没有意识到自己身体上的成长。

走到客厅的镜子前，我第一次如此认真地欣赏着自己。仅仅高中一年的时间，我又长高了、长壮了，就连皮肤也变得光润了。直到看见自己的胸部微微突起，这一刻，我才意识到，我显然已是一个大姑娘了。

傍晚，母亲下班回来，看见尹颜送的丝巾，喜上眉梢地在镜子面前比画来比画去。尹颜却还一直呼呼地睡着，看上去脸色有点苍白。

母亲为她熬了碗粥，让我给她拿了过去。叫了几声，才把她从睡梦里给拉回来。看上去好像有些不舒服，勉强地吃了一口，又像浑身无力似的睡了过去。

自从上次在我家里，尹颜说母亲做的饭有母亲的味道后，我善良的母亲就把尹颜当作了自己的孩子一般看待。看着她一直昏睡着，母亲有点担心起来。因担心她中暑，就硬把她拉起来去了医院。

一路上，我心急如焚，拼命地在尹颜耳边喊着她的名字，试图让她能清醒过来。

到医院后，医生看她的脸色不太好，就先让验个血。可是，就这么一个简单的化验，结果却让我和母亲都大吃一惊。

尹颜有严重的营养不良和贫血。医生给开了点滋补的药，并输了一些葡萄糖进去补些能量。点滴挂到一半，母亲就贪黑回了家，想着给这个可怜的孩子做点红枣桂圆粥。扔下一个不会照顾人的我在医院里。

一向被别人照顾惯了而不会照顾别人的我，变得手足无措。一会儿站起来看看点滴还剩下多少，一会儿看看尹颜的脸色有没有好些，一会儿又学着电视里像模像样地去摸摸尹颜输液的手，坐立不安地像只处于发情期的猴子，不得消停。

直到点滴都挂完，我才略感疲惫地躺在尹颜的床边睡下。这一晚，十岁时的梦境又出现在我的梦里，嘴里还一直重复着说着梦话："你是谁？我是不是在梦里……"

"啪"的一声，一个手掌重重地落在我的背上。隐约听见有人在说话："我是你妈，你在医院里。"

我迷迷糊糊地睁开眼睛，看着老妈捧着一大碗红枣粥在我面前："妈，你怎么来了？"

　　母亲看着我睡眼蒙眬的样子，很无奈地摇着头："看看你的口水，流了一地。梦见什么好吃的了？也不看看几点了。"

　　我伸了个懒腰，起身准备活动下腿脚。却发现病床上，只有一条整齐的被子叠在那里，空无一人，心急火燎地看着母亲："尹颜去哪了？"

　　母亲被我问得莫名其妙，对我喊了句："我还想问你呢！让你照顾个人都照顾不好。"接着，放下手里滚烫的红枣粥，就去上班了。临走前，还不忘嘱咐不让人省心的我："等尹颜回来，让她把粥喝了。"

　　我百思不得其解地在病房里守着那碗热气腾腾的粥，等尹颜回来。两个小时过去，粥已没了温度，也不见尹颜回来。我急匆匆地跑回家，却发现尹颜的行李也不知去向了。

　　带着一张苦瓜脸，有点萎靡地看着刚刚下夜班回来正在看电视剧的父亲："爸，尹颜回来过？"

　　父亲全神贯注地看着枪战电影，全然没有注意到我欲哭无泪的表情，随口答了下："半个小时前回来的，让我告诉你她回家了。"

　　话音刚落，我就夺门而去。赶到车站，也未见尹颜的踪影。一个人瘫在那里，心里有些承受不了地强忍着。没过多久，心底的防线就彻底地被自己击溃，开始鬼哭狼嚎。

　　哭，是我一直以来最擅长的随心所欲的发泄手段；眼泪，也是我表达心中不满时最得心应手的方式。我不明白尹颜为何一走了之，也不解尹颜为何会营养不良和贫血。

　　我很想带着这些疑问，立即跑到尹颜的家里，问个究竟。一个人就这样地"人间蒸发"了，她想找你时近在咫尺，你想找她时却难如登天。我的单纯简直是荒唐至极，我不知道也从来不想知道，在那么大的沈阳，尹颜的家到底在哪里。

尹颜消失后的几天，我都整天把自己关在家里，食不知味地反思着自己，在深刻地自我剖析。

一天，我突然对正在做饭的老妈说了一句我从未说过、每每想到都会让我脸红的几个字："妈妈，我爱你。"老妈听后，感动得流泪了。

或许，就是从这一刻起，我变得成熟了，懂事了，懂爱了。我知道怎样去表达自己的情感了。

第九章

　　成长是需要付出代价的，却没有人知道自己成长的代价究竟是什么。人的一生，没有经历过成长的人居多，所以大多数人都是不幸的，因为他们永远不会懂得生命的意义。可是，他们同样也是幸运的，因为他们可以永远活在自己的世界里，无须对生命有更深层次的感知。

　　略有些成熟后的我，情感也是"忽如一夜春风来，千树万树梨花开"，总是抱怨自己当下活在一个不上不下的尴尬的年纪，我开始莫名地渴望长大。

　　七月将至，尹颜出其不意地回来了，满身的泥土气味儿，脸上像个小花猫似的，脏兮兮地出现在我的家里。

　　一进门，我就无法控制自己，心惊肉跳地站在了原地，看见老妈正和一个"泥娃娃"在一起，还有说有笑的，我结结巴巴地问："妈，你……你旁边是谁？"

　　母亲爱答不理地来了句："这孩子，好好的，怎么还磕巴了？这不是尹颜嘛，你傻了？"

　　我愣在那里，半信半疑地看着她："尹颜是你？去哪了这是？

像掉进了茅坑里似的。"

母亲有点不愿意了，瞪了我一眼："就你干净，人家尹颜一进屋就够小心翼翼的了。"

尹颜有点幸灾乐祸地抿嘴笑着："还不是怕你生气，我这一回来衣服都没换就来找你了。"

我看了眼母亲，她看见尹颜后，欢喜到豆大的眼睛眯成一条线。要不是她又长又密的睫毛在上下扇动，我还以为她在闭目养神呢。心里突然"咯噔"了下，冷言冷语地喊："赶紧去洗洗吧你。"

尹颜小心地踮起脚，以标准的芭蕾脚姿走到了卫生间里，母亲到我的衣柜里随手拿了两件衣服给尹颜，让她洗好了换上。

我不知在生哪门子气，跷着二郎腿坐在沙发上，喋喋不休地唠叨起来。一脸的不乐意，反复地磨叽："我那么好看的衣服，我都没穿过几次，老妈你吃了迷魂汤了？都分不清谁是您亲闺女了。"

母亲知道我在撒娇，也懒得理我，一边整理衣服，一边自言自语着："还总说我磨叽呢，我看你肯定是提前到了更年期。"

通常被人说坏话的时候，往往都会有心灵感应。尽管母亲的声音很小，我的招风耳还是可以耳听八方，越发不可收拾地大叫着："太没天理了，我的亲妈竟然说我是更年期。"

尹颜听到后，在卫生间扒着门缝，探出半个脑袋，看着满脸囧样的我，哈哈大笑起来。

母亲去做晚饭了，我却一个人四脚朝天地在沙发上发呆。我总是可以自己给自己营造一个完美的世界，当我身在那里时，总会自动地携带一种万能的抗体，外界的一切病毒都无法侵袭。

尹颜披着浴巾，刚从卫生间出来，我就突感一股病毒借助空气的流动性向我的方向飘来。我立即进入了自我免疫模式，一头倒在沙发上，看着天花板继续发呆。

尹颜察觉到一丝不对，很有自知之明地像病毒般找个缝隙赶紧穿了过去，顷刻消失在我能看得见的范围里。

傍晚，父亲下班回来，四个人在饭桌上聚在了一起。一向不善表达的父亲，用他与生俱来的细腻不停地给尹颜夹菜。

尹颜吃得津津有味，我却盯着不知何时被母亲夹在碗里的排骨入神。都是平时自己最爱吃的东西，今天却食不下咽。

饭后，尹颜抢着帮母亲洗碗时，我说自己不舒服就回房间了。母亲心疼我，给尹颜端了一碗满满的饭菜，让她拿到我的房间里。

我却一点也不领情，早早地就钻进被窝里。自己莫名地生着闷气，谁也不搭理。尹颜看不下去，拿起装满饭菜的碗，夹了一块排骨，像哄孩子似的放进了我的嘴里。

虽然没有言语交流，但她的举动却让气氛缓和了些。我不急不慌地细嚼慢咽着，尹颜很有耐心的一口一口地喂着。

我需要她这样，她必须这样才能满足我被需要的诉求。我理解为，她在向我低头，她只有愉悦了我，才能痛快地活着。

填饱了肚子，我们默契地勉强挤在一张单人床上。尹颜担心挤到我，大半个身子都悬在半空。我突感鼻子酸酸的，把头钻进了被子里，不擅长搞冷战的我，终于忍不住哭了出来。

上气不接下气地抽泣着质问着尹颜："上次在医院里，你说走就走，到底去了哪里？"

她见状连忙安慰着："你先别生气，我看你陪了我一个晚上，睡得正香，就没叫醒你。"

我拿起被角，眼泪一把、鼻涕一把地擦拭着："你就少跟我冠冕堂皇了，我还不是因为担心你。"

她低着头，用力地抓着自己已散乱的头发。我见她不说话，继续发泄着情绪，连问了一大堆的疑问句："你每天到底在吃些什么东西会让你营养不良还贫血？你走了我去哪儿能找到你？你当我家是旅馆呢，来去匆匆的？……"

我的一顿炮轰，出发点只是不想让尹颜再隐瞒我。却不想，无意间的两个字"旅馆"，伤害了她一向高高在上的自尊心。

她恶狠狠看着我，揪住我的衣襟，恨不得一巴掌把我拍死在她仇恨的目光里。我被吓得屁滚尿流地站了起来。

她深吸了一口气，握紧的双手也渐渐松开。像讲别人的故事一样，给我上了一堂免费的思想政治课程。

"梦想，其实是种很虚无缥缈的东西。如果把它落在纸上，只需要二十四个笔画就可以把梦想完成。如果把它放在脑海里，它会在你赋予它的各种美好的想象里不知不觉地被拆分开来。分为'梦'和'想'两个部分。'梦'是不真实的，'想'是需要投入情感的。所以，在你的脑海里，你总是会投入情感地去想一个不切实际又不真实的东西。如果把它放在心里，它长期不出来活动，也会和人一样，会一点点地发福。所以，你会感觉内心越来越沉重。如果，你把它放在行动上，你会有种癞蛤蟆想吃天鹅肉的感觉。就算你这只蛤蟆运气不错，真的吃到了天鹅肉，也不会就此满足。不是对美味的天鹅念念不忘就是幻想着能再吃到第二只天鹅。欲望是无止境的。所以，我觉得，梦想并不一定是实现了才最好。"

我听得入神，揉了揉哭红的眼睛，注视着她。她看着我投入的样子，也消了气，挑了下眉毛，继续娓娓道来。

"首尔的生活和我所想象的简直大相径庭。每年昂贵的学费、生活费、住宿费，都在不停地为那个叫梦想的东西买单。兼职打工的所得，也只够给你写几封国际信件、买几袋进口零食。文化和语言的差异，让我在追寻梦想的路上格外地孤独。在首尔的天空下，每天吃着泡面，想着父亲在赞比亚孤独劳碌的那些年，我心痛不已。我有些迷茫，甚至不知道我在追寻的到底是什么东西。"

说到这儿，尹颜有些哽咽地停了下来。看着表情似懂非懂的我问："蓝蓝，你有梦想吗？"

我满脑子里全是她刚刚所讲的哲理，还来不及消化，也没有思考地摇了摇头，呆头呆脑地问了句："那你现在的梦想呢？"

伴随着一声叹息，她开始意味深长起来。

"在首尔我遇见了一个'山里的孩子'。她在内蒙古偏僻的地区，拿着首尔大学全额的奖学金被录取。学习了一年后还是因为经济原因不得不退学回去。那天在医院里我接到她的电话，就和义工们一起，匆忙地赶了过去。下车后，我爬了几个山坡才走到她家里。一个山里的孩子能走出去不容易，我劝她不要轻易地放弃。可是她却告诉我，她是大山的子民，理应奉献在这里。那些天在那里，我渐渐地明白了梦想的意义。梦想，应该是怀揣着一个美好的梦，不求回报地去做自己想做的事情。"

　　十七岁，对我来说是个花一般的年纪。单纯的我在尹颜二十一岁的青春里，学习了太多人生的真理。

　　尹颜讲完后，我像在神游似的，眼神飘忽不定。我曾假设过无数个尹颜能给出的答案，却没有一个被那些哲理性的东西所包含。我的脑子里，简单到只有吃喝拉撒，更不要说什么所谓的明天。对此，我领悟得还不够彻底，也不理解尹颜为自己的人生到底在坚持什么东西，却让我的花季下了一场太阳雨，对生活再也没有任何的不如意。

第十章

青春，需要活在无限的赞美里。嘴上侃侃而谈着梦想，哼着当下最流行的歌曲。青春，需要活在无限的刺激里。心里蠢蠢欲动着情感，写着当下最撩人的话语。谁也不例外，它来了，会让你无法抗拒。

尹颜口中让我感动得一塌糊涂的大道理，一转眼就随风而去。A.忘性和B.记性，这两个人生最难的选择题，我选择了C.放弃。

清晨的阳光透过窗帘细小的缝隙洒进房间里。一米二的单人床上，尹颜浑身裹着被单，被我挤成标准的壁虎姿势，实属不易。她像蚕蛹似的，努力地用屁股拱了下一旁睡得正香的我："蓝蓝，你听见没？楼下好像有人在叫你。"我擦了擦口水，不耐烦地用力拱了回去："做梦呢吧你。"

尹颜勉强翻了个身，从床上一点点地蠕动了下去，走到窗边，往楼下望去。看见一个看上去不大的男孩儿站在楼下的儿童滑梯那里，闭着眼睛不知在陶醉什么东西，仰天长啸着。推开窗，声音听得更清晰了："蓝蓝，你这只猪，我来喂食给你了，噜噜噜……"

尹颜 "啪" 的一声把窗关上，气冲冲地走到床边，把还在做春梦的我拉了起来："你家主人来喂食给你了，还不快点起来。"

我迷迷糊糊地揉着眼睛："我妈早上班去了，别闹了。"

尹颜一把把我拽到窗边："你看，叫你猪呢。认识不？"

我使劲地挤了下被眼屎粘住睁不开的眼睛，一看是杨杰，吓了一跳。还没想好怎么跟尹颜解释就魂不守舍地披了件衣服跑了下去。

随着我 "砰" 一下的关门声，尹颜唾弃地对着楼道大喊："猪，别被诱惑了，看清楚谁才是你主人。"

她随即转身到窗边，从五楼往下望，看着我们两个人并排地坐在滑梯上，你推推我，我推推你，忍不住好奇地问了句："蓝蓝，是谁啊？"

我仰头看着天上仅有的两朵云彩，大声地回答了两个字："同类。" 两朵云彩瞬间被吓得惊慌失措地各奔东西，隐约地留下颤抖的回声传进尹颜的耳朵里。

尹颜立即关上窗，因眼前这个近在咫尺却不知来历的不明物体有点生气。为了分散注意力，她故意穿上我最爱的衣服，在镜子面前，不停地看来看去。

没过多久，我就心花怒放地跑回来，气喘得上气不接下气："颜颜，走啊，我们去 '根据地'，介绍个朋友给你。"

她看着我邋遢的样子，忍着不明的脾气："你就穿睡衣出去？快点去刷牙洗脸，我等你。" 我调皮地冲她挤了下眼睛，就急匆匆地跑进房间里。

杨杰早已等候在"根据地",点好了我最爱喝的"酸东西",
跷着二郎腿坐在那里。我们两个一进去,他就主动地站起,绅士
一般向尹颜伸了只手出去:"我叫杨杰,是蓝雪的朋友,很高兴认
识你。"

我感觉尹颜的情绪有点不对,连忙解释道:"不是朋友,是哥
们儿。我的朋友只有颜颜一个而已。"说完还不忘使眼色给一旁摸
不着头脑的杨杰。

尹颜很不乐意地握了下手:"我叫尹颜。"杨杰也很配合地嬉
笑着:"对对,是哥们儿,口误而已。"

尽管我和杨杰两个人一唱一和地解释着,还是被尹颜泼了盆
冷水:"哥们儿跟朋友比起来,好像还更近了一步呢。"

不知来龙去脉的杨杰,还是没忍住他说话臭、脾气也臭的毛
病,对着脸看上去更臭的尹颜甩了句:"朋友怎么了?哥们儿又怎
么了?我还没说是男朋友呢。你管得着吗?"

我见状不妙,连使眼色给杨杰,让他少说两句。无奈杨杰还
是倔在那里。

尹颜把目光对焦在我的瞳孔上,大失所望地看着我:"你答应
过我,你的朋友只有我。"我有点不知所措地低下头,我的确答应
过,却没想到尹颜会如此介意。

杨杰则看不下去了,一把揽过我,对尹颜嚷嚷着:"为什么她
的朋友只能有你一个?从现在起,我就是她男朋友了。是不是这
个也得你同意?"

杨杰的话句句在理,给了尹颜当头一棒,她有口难言地想转
身离去。我立刻冲了过去,拉住了她。

看着携带了不定时炸弹的杨杰和四周安放了无数地雷的尹颜，我有点黯然神伤。沉默了好一会，还是屏住呼吸，焦急难耐地趴在尹颜耳边，悄悄地说了句："颜颜，我这一辈子不可能只有你一个朋友。但我保证，我最好的朋友只有你。"

尹颜没有回答，她坐下，若有所思地看着我最爱喝的那杯"酸东西"，沉默不语。或许她一直想那句我从没说出口，却被杨杰问了个正着的话："为什么她的朋友只能有你一个人而已?"

没有人知道为什么，或许只是一种自私的占有欲。我也不想知道为什么，因为我的思想全部沉浸在尹颜的世界里，我只知道执行命令而已。

这一刻，变得异常的安静。我可以真切地听到杨杰略微急促的呼吸，也可以清楚地听到尹颜心中的眼泪在滴……

却没有人敢充当始作俑者，率先打破这种不正常的静谧。突然，杨杰的电话响起，他神色慌张地走了出去。

尹颜依旧黯然无语，我束手无策地看着她，表情愚不可及。僵持不久，尹颜就突然起身，准备扬长而去。正赶上杨杰从屋外回来，被他急赤白脸地拦了回去。

尹颜正在对他怒目而视时，一个高大的身影乍然惊现。我条件反射般颤颤巍巍地站起来，喊了句："杨修哥……"

杨修的出现，让躁动不安的杨杰变得格外得安分守己。之前所有的不快都成了过眼云烟，他看了眼一旁战战兢兢的我，然后故作镇定地看着杨修，彬彬有礼地互相介绍起来："哥，这是尹颜，是蓝蓝最好的朋友。"言语间还不忘提高分贝，刻意强调了下"最"字。

杨修赶忙接过杨杰的话，风度翩翩地介绍起自己："我叫杨修，是杨杰的亲哥哥，也是蓝蓝的哥哥。"

尹颜依旧是很不情愿的样子，敷衍了句："我叫尹颜，是蓝蓝的朋友。"

说罢，杨修坐下，给尹颜倒了杯水，平心静气地看着她："刚刚电话里，我听小杰跟我说了个大概。都是小孩子脾气，你别往心里去。"

尹颜喝了口水，有点自惭形秽地点了点头。

我看到尹颜已神色自若，才敢小心谨慎地开口说话："我八岁的时候就认识杨修哥了，哥很照顾我，我们像家人一样。"

尹颜有点瞠目结舌，吞吞吐吐着："我只是有点意外，从没听你说过。"

看着尹颜有点笑逐颜开的意思，我一直提心吊胆的心总算可以放了下来，人也变得神采奕奕起来。拉着尹颜的手，喜不自胜地对杨修说："哥，尹颜是我最好的朋友，她在首尔大学，你们还差不多大呢。"

杨修用深邃的眼神注视着我，若有所思地说着："蓝蓝，你到底藏了多少秘密。我看你才是个谜……"

尹颜诧异地连忙问："什么谜?"我看了眼她诧异的眼神，不知怎么回答，只是嫣然一笑，就转移了话题："哥，你可以和尹颜多聊聊，我敢保证，你们一定会很投机。"

我的话简直说到了杨杰的心里去。他眉开眼笑地看着杨修："哥，那你们先聊着，我跟蓝蓝出去透透气。"接着就拉起我忘乎其形地走了出去。

我有点不放心地在门外偷偷地窥视一会儿里面的情形，看着两个人气定神闲地谈笑风生，才如释重负地离开。

外面的阳光格外明媚，洒在我白嫩的肌肤上，显得格外色彩斑斓。杨杰总是不自觉地偷看我，看得入神的时候会羞怯地脸红。

只走了一小会儿，我就已经汗如雨下，有点闷热难忍地对杨杰说："我感觉我身体里的细胞，在光合作用下正在一点点地分裂。"

杨杰一边帮着我擦汗，一边眉飞色舞地调侃着："没事，没事，最多也只处于分裂的中期，离末期还有段距离。"

我忍俊不禁地看着他："我的智商可不如你，我对生物没兴趣。"

看着我炯炯有神的眼睛，杨杰却认真起来，含情脉脉地看着我，不假思索地说："爱你，和智商没关系。它是课本上学不到的东西，却是我人生最值得钻研的课题。"

我惊愕不已，愣了好一会儿，才受宠若惊地说了句："看来你小子已经完全发育。"

没有任何的疑问或肯定句，两个人就这样顺其自然地走在了一起。那一刻，我认定就是梦里的那个谜。

青春，是青年人最美的春天。它不同于四季，在这个青春的季节里，四季如春。杨杰罗曼蒂克的告白正适合这碧草连天的春季。

回家后，我兴致勃勃地告诉尹颜："颜颜，我和杨杰在一起了。所以，我的生活里，唯一的朋友也是最好的朋友从此只有你。"

我信心满满地以为尹颜知道后会开心不已，不料尹颜却处之泰然，冷冷地说了句："你知道什么是喜欢？在一起就在一起，又不是什么值得炫耀的事情，反正也管不了你。"

我的耳朵此时已什么都听不进去，依旧是笑容可掬："你就当我是小孩子，在玩过家家的游戏。"

尹颜看着我漫不经心的样子，恨不得哭天抹泪，只能在一旁唉声叹气。

杨杰回到家却没有我这般的顺利。杨修知道后的瞬间反应，用惊天动地来形容都只是毛毛雨。

大吵大闹也只是前奏而已，过程的复杂程度也不是三言两语能说得清楚的问题。结果就是，杨杰被杨修按倒在地，脾气再暴躁也只能头朝地，对着水泥地宣泄不满的情绪。

无论是冷嘲热讽还是蛮横无理，我们两个人都信誓旦旦地坚定不移，天塌了也要在一起。

在没心没肺的年纪，和所有人对立。或许这就是青春的含义：沉浸在自认为的美好里，无法控制地看着碧玉年华一点点逝去。

一些特殊的情感，发生在特殊的年纪，总会遭遇各种外来言语的分歧。如果你每天都生活在蜜里，那么别人嘴里的一切最多也只是调味剂，想调出什么口味，在于你自己。

高二上学期开学前夕，尹颜就回了首尔。我担心她的身体，让母亲买了好多营养品给她带了过去。杨修和杨杰大打一架后，也回到了石家庄去，公司里一大堆事情，没空再陪我们玩小孩子的游戏。

而学校里，虽然不乏各种成双入对陷入早恋的男男女女。但我和杨杰，这郎才女貌的一对却成了风云话题。有人羡慕，有人唾弃。

转眼已入秋，东北的秋天时常是灰蒙蒙的。虽秋风瑟瑟，却秋色怡人。

我注意到杨杰的嘴唇被风吹得有些干裂，就偷偷地买了支青苹果味的唇膏，想给他一个惊喜，又不知道藏在哪里好，思前想后，悄悄地放到了杨杰家的冰箱里。

这天中午，杨杰和往常一样，得意地挽着我回家做饭，我享受着食来张口、无须动手的美感，羞羞答答问："我的大厨师，今天我们吃什么？"

杨杰打开冰箱，看着仅有的两样已蔫掉的蔬菜，悠然自得："就西红柿炒鸡蛋吧，我会多放两个蛋给你。"

接着，就到冰箱里的鸡蛋架上拿了四个鸡蛋出来，刚要关冰箱门，我藏在冰箱里的唇膏掉了下来。

杨杰捡起来，好奇地问："蓝蓝，你来看看这是什么东西。"

我看他似懂非懂的样子，想试他一下，故作镇定地说："是我买的口红糖，还是水果味儿的呢。"

杨杰迫不及待地拧开，闻了一下："还挺香的，怎么这包装还升级了。"

我转过身，忍不住暗中偷笑了下："现在什么不在改良啊，你尝尝好不好吃。"

杨杰没多想，拿起来就往嘴里放，含了一口就表情怪异地拿了出来："蓝蓝，不对啊，跟我们小时候吃的口红糖味道不一样啊。"

我看着他傻头傻脑的样子，开始捧腹大笑起来："傻瓜，这是我给你买的果味唇膏。"

杨杰吐了一口口水，看着一旁蹲在地上、笑到岔气的我，啼笑皆非。

下午的生物课上，生物老师一直头疼偏科严重的我，刻意点名叫我回答问题。不知是真的不知道还是明知故意，我让严肃的课堂变成了一场幽默剧。

老师的第一个问题："活细胞进行有氧呼吸的主要场所是什么？"

我一脸茫然地冥思苦想着：难道活细胞有氧呼吸有很多场所吗？还主要的场所……想着想着便不经大脑地脱口而出："主要场所应该是在身体里。"

老师惊恐万状，教出这么有才的学生，恨不得自己抽自己；不得已又问了第二个问题："对植物细胞有支持和保护作用的是什么？"

我实在想不出，看着老师满含期待地盯着自己，有点紧张的神情恍惚起来。同桌见状，不停地小声提醒着："壁，壁，细胞壁……"

同桌的好心并没有让我起到好的作用，我竖起耳朵听到同桌的提醒后，自信地看着讲台上期待已久的老师，大声地说："是皮，细胞皮。"

话音刚落，全班同学就再也忍不住地哄堂大笑起来。老师被我给了当头一击，大失所望地愣在那里。

一堂好好的生物课，让我搞得乌烟瘴气。老师被气得没心思讲课，同学们也被逗得没心思学习。

杨杰实在看不下去，此后的每天中午，都主动给我补习起来，效果却不尽如人意。事实证明，勉强做一件自己不感兴趣的事情，的确很难如意。

从此，生物老师对我的生物成绩彻底地放弃，就连座位也被班主任调倒了倒数几排，我却无所畏惧。杨杰问我："被放弃的感觉是不是很不可思议？"我则蔑视地看着他说："只有我自己才可以放弃自己，别人都一边玩儿去。"

杨杰随后昂首挺胸地在胸前拍了拍自己："放心，我永远也不会放弃你。"

学校里，陆陆续续所有人都知道了我的光荣事迹，总会有很多的闲言碎语。杨杰为此大打出手了两次，全部都记录在了档案里。

寒冬腊月，迎来了我十八岁的生日。在我再三的坚持下，尹颜只寄了一张首尔的明信片过来。

明信片上的图片是N首尔塔，既是南山（Namsan）的第一个字母，又有全新（New）的含义。

图片背后，尹颜只简简单单地写了一句话："从今天起，开启你人生的全新之旅。"

杨修为了我的生日，也不计前嫌地从石家庄赶来。杨杰看到杨修心情不错，又顽劣起来，和杨修推搡着："哥，你要理解我，我这也是肥水不流外人田。"

杨修担心破坏了气氛，没搭理他。一个人走在前面，健步如飞。

我是平安夜生的，这天的"根据地"像是为我庆生一样，装扮得温暖无比。

一直斯文的杨修，坐下后，却吞云吐雾地抽起烟来。我对烟味一向敏感，大步流星地过去抢掉了杨修叼在嘴上的香烟，狠狠地说："这不是你的风格。"

杨杰嬉皮笑脸地看着杨修，挑逗着："哥，那你是什么风格？你有风格吗？"

杨修看着他狂傲不羁的样子，鄙视地说："你小子，少跟我贫，想吃水泥也得挑对日子。"

我赶忙拉起杨杰的手，接话过去："风格是修炼出来的。你以为你穿着个时髦的格衬衫，走在风里，就是风格了？"

杨杰看着我顽皮地笑着。接着从裤兜里掏出了一个迷你的毛绒玩具，故作神秘地说："蓝蓝，生日快乐，这个是独一无二的，送给你。"

我看着这个巴掌大的毛绒娃娃，半信半疑地问："这娃娃是你自己做的？怎么就独一无二了？"

杨杰神气十足地把娃娃从我手中拿过来，小心翼翼地把手指伸进娃娃的胸口里，摸出一个粉红色的心形卡片，上面却一个字也没有。

看着我期待的眼神，他站起来，郑重地解释道："这个娃娃就是我，今天我把我自己送给你。我的心随时可以打开，不管你什么时候打开，我的心都是红色的。只有你才能打开我的心，只有你才能看到它的颜色。你可以在我的心上，写上任何你想对我说的话，任何你想让我做的事，我都会照做。但是，写之前你要想好，字也不要写得太大，因为我的心只有一个，它永远属于你。"

我被感动得热泪盈眶，接过这个沉甸甸的娃娃，深深地亲了一口，泣不成声地说："我现在才发现你是走感性风格的。"

杨修自叹自己小看了杨杰对这段感情的认真程度，坐在旁边尴尬不已。

我看出了他心里的端倪，孩子般地耍起了娇气："杨修哥，你的礼物呢？不会是拿不出手了吧。"

杨修没精打采地从背包里拿出了一个包装精美的正方形盒子："就是一个普通的音乐盒而已，没什么创意。"

我接过来就随手放在了地上，一边喝着"酸东西"一边和杨杰眉来眼去。杨修感觉自己有点多余，实在待不下去，便说时间不早了，让我早点回家，免得爸妈着急。

夜晚的天儿，寒气逼人。我左手提着杨修送的音乐盒，右手拿着杨杰的爱心娃娃，心里暖洋洋的。早已将冬天的冰霜融化成水蒸气，飘散下脚下走过的每一寸土地。

回到家，前脚刚一着地，就立刻躲到房间里。细心地把爱心娃娃放在了一目了然的床头柜上，一边陶醉其中，一边拆着音乐盒的包装袋。

音乐盒是蓝色的，底座是圆形透明的，几艘小船立体地浮在上面，像在行驶在汪洋大海里。

上端有两个娃娃，一男一女，手挽手站在那里，音乐一响，就翩翩起舞起来。

音乐盒演奏的并不是《欢乐颂》一类的歌曲，像是被重新改造过。起初，我并没在意，可听了几遍后，那些音符就不知不觉地在心里一遍遍地奏起。

> 如果再回到从前
> 所有一切重演
> 我是否会明白生活重点
> 不怕挫折打击
> 没有空虚埋怨
> 让我看得更远
> 如果再回到从前
> 还是与你相恋
> 你是否会在乎永不永远
> 还是热恋以后
> 简短说声再见
> 给我一点空间
> 我不再轻许诺言
> 不再为谁而把自己改变
> 历经生活试验
> 爱情挫折难免
> 我依然期待明天

这是张镐哲的歌曲——《如果再回到从前》。2002 年 12 月 24

日，我第一次听到这首歌。这个宁静的夜晚，我开始不断地辗转反侧。

每每闭上双眼，每一句歌词都沉重地在我眼帘浮现，像是杨修想借此歌曲诉说着什么。

第十一章

　　尽管再相似的人生，都会有不一样的活法，所以每个人都会拥有不一样的生活。

　　一月将至，已有了春意阑珊的气息。杨修或许是因为年前受到了杨杰的强烈刺激，佳节刚过，就迫不及待地载着雨丝风片从石家庄休假过来。

　　虽然只有一个月未见，杨修一看见我，就开始一直莫名地感叹着："蓝蓝，长大了……"

　　在杨修传统的观念里，我长大的意义在于我可以光明正大地挽着他的胳膊，陪他出入各种高档的场所。或许他觉得我已十八岁，是时候履行他对我的那句承诺："把最好的都给你。"

　　我从没想过也从不知道，什么才是最好的东西，那些最好的东西是否应该发生在我十八岁的年纪。

　　我总是很担心地穿梭在车水马龙的人流里，总怕看见熟悉的人会问东问西，也很难能解释清楚这层复杂的哥哥妹妹的关系。而每次出去，杨杰都会打扮得光鲜亮丽一起同行，不忘带上他张扬的性格和与生俱来的臭脾气。

　　或许杨修记住了几年前他第一次穿西装时，我顺口一说的那句"帅气"，所以每次去商场，他都会心无旁骛地一头扎进西装堆儿里。

　　杨杰不仅对西装一点也没有兴趣，还总是不分场合地粗言粗语："西方人穿西装是文化体现的一种礼仪。中国人就喜欢东施效颦。"

　　杨修每次听到后，尽管会感觉很无语，但总会平心静气地告诉他："你说得有道理。可是女人都可以为悦己者容，男人有时也会不得已取悦别人。"

　　所以，每次商场里，杨杰总会在电玩那里心醉神迷。每次我去叫他，他总是一丝不苟地专注在那里，时而目不斜视地说句："男人就应该多玩玩这些高科技。"

　　而每当我挽着杨修的胳膊转身而去，去找我们的栖息之地时，他又总不忘小肚鸡肠地说："跟哥保持点距离，男人都没好东西，哥也不比我强到哪里去。"

　　杨修的栖息之地，永远都在卖西装的柜台那里。他每次都在那乐此不疲地笑嘻嘻，把自己装进每件我能看上的西装里。营业员为了让他能多促进点商场的GDP，顺便再提高下她的工资待遇，总会在一旁煽风点火地说各种阿谀奉承的花言巧语，以鼓舞他消费的气势。

　　杨修全当是他公司的员工在拍他马屁，笑一笑就算过去。我从没有问过他的公司是否还顺利，看他买一件又一件西装时，总是那么的春风得意。挑过多少，我自己都记不清晰。

　　或许是尹颜的那句"美好的生活要自己争取"根深蒂固地扎

根在我的思想里，所以每次我都拒绝了杨修的各种好意。

杨杰却随意得一塌糊涂，毕竟是亲兄弟。不仅开口问杨修要各种电子玩具，还大言不惭地说："不是我在挥霍哥的 Money，是哥在为祖国的花朵能研制出更多改变世界的高科技在尽自己的微薄之力。"

卖电玩的大叔每次都会意气风发地拍着自己的大腿，斩钉截铁地说："这孩子，以后肯定有出息。"然后开心地把钱装进自己的腰包里。

杨修在满足杨杰各种欲望的同时，总会善意地提醒："改变世界也要先从改变自己开始，眼前先收敛下你狂妄的表情。"

提着大包小包的东西离开商场后，杨修总会带着我们到各种高级的餐厅里。

优雅的环境里，灯光幽幽地播放着抒情歌曲。不管走到哪，杨修都会帮我点上一杯我最爱喝的"酸东西"。

我每次都会坐在窗边，放空自己的思绪。看着窗外的门庭若市，却听不见窗外的人声鼎沸。杨杰才无心留意窗外的任何川流不息，心思全在电子游戏里。杨修则连喝口水都顾不及，视线全在手机的屏幕里，处理公司的各种问题。

三个人在同样的环境里，各干各的事情，各忙各自认为重要的东西，却可以心照不宣地活跃在彼此的生活里。

这种奢靡的生活，持续了一个月有余。直到杨修发现我似乎对这些并不感兴趣，才以忙为理由回石家庄去了。

在奢靡面前，不是谁都有定力。杨修走后，我开始一直怀念那个可以放空思绪坐在窗外、不用想着学习的餐厅，杨杰则没钱再买各种更新换代的电子游戏，而每天放学都驻扎在商场里。

奢靡的生活贸然地来，漠然地去。不知杨修的所作所为是否是故意，但是他的确给予了一个能考验这个年龄浮躁内心的东西。

杨修回去没多久，杨杰和我就因此而唇枪舌剑战了几个回合。

我恨铁不成钢地训斥着杨杰："你每天脑子里除了游戏还有没有学习？我看还没等你改变世界呢，游戏就先改变了你。"

杨杰不可控制地暴跳如雷："我玩的不是游戏，是乐趣。你还不是一样，念念不忘那家餐厅。你以为你在那喝的是什么？我告诉你，你喝的不是'酸东西'，是情趣。"

我看着杨杰手舞足蹈的样子，勃然大怒起来："你清醒点吧。哥不赞助你，你还不学习，你拿什么研制你的高科技？哥又不是你的奴隶，你能不能做回原来的你？"

杨杰越发地无法自控，简直烈火轰雷："我又不是你的奴隶，你凭什么教训我？我看哥倒像是你的奴隶，你去找他去。"

我已不是第一次火气冲冲地夺门而去。我认为：在单纯的年纪，就应该做一些单纯的事儿。所有的超脱都不应该远离最初的自己。

杨杰有他的臭脾气，我也有自己的小姐脾气。这次大吵过后，我们两个人势不两立。足足有三个月，谁也没有理会谁。

我开始不断地给尹颜写信，气话连篇地数落杨杰的玩世不恭，自怨自艾地悔恨自己的有眼无珠，似乎一切美好都付诸东流。

尹颜却没有一封回信，像是已销声匿迹。但她虽无声却胜有声地用沉默暗示着我：感情不是过家家的游戏。

我和杨杰都在一个班级，虽然每天都见面，但三个月的时间，却消失在弹指之间。对我而言是昙花一现，对杨杰来说却是一日三秋。

杨杰思前想后，决定跟电子游戏一刀两断，必须向我的思想靠拢。为了以表决心，他卖掉了所有的电子产品，捡起了他最爱的钢琴，玩起了优雅的游戏。

每周一到周五的晚自习，都是例行的各科课代表辅助差生学习的时间。我是英语课代表，被安排在周一，杨杰是生物课代表，被安排在周五。

每次周一的晚自习，都不乏许多调皮捣蛋的男生为博红颜一笑，把自己比作差生，故意写错几道题，排着队以不会为理由等待我来解题。

这一次，杨杰以智商低为理由，也排在了"差生"的队伍里。轮到他时，刚好下课的铃声响起。

我像被解救了般开心地收拾东西，杨杰却死皮赖脸地挡在那里，嘴里喋喋不休着："我还有问题。"

我拿他没办法，有气无力地扔了句："你的智商，什么问题能难倒你。"

杨杰雍容雅步地走到我身边，开始了早已准备好了的豪言壮语："我记得我说过，爱你跟智商没关系，却是我人生最值得钻研的课题。"

说完便自鸣得意地孤芳自赏起来。我有点羞涩地赏了他四个字"班门弄斧"，就雷厉风行地走了。

不受我待见的杨杰，接下来的几天都闷闷不乐的，看什么都不爽，见人就发脾气。以至于周五的生物科目补习，没有一个人敢排队问他问题。

　　我则借机不管不问地做了回第一个吃螃蟹的人。看着他那张苦瓜脸，铤而走险地过去，出口成章："依我看，我们都是细菌。可你是异养型，我却是自养型的。"

　　我用杨杰最擅长的生物学，解释了我们之间质的区别。杨杰大惑不解地愣住，然后像孩子般干啼湿哭起来，再也看不到一丝的傲气。

　　所有的情感开始的时候都是美好的。可是在少不更事的年纪，感动和感性之间有着天壤之别。感动源于感官，是因受到外界的刺激而产生的一种瞬间的感觉，所以它注定是短暂的。感性源于一种感觉，是跟着一种没任何依据的感觉走，谁也不会知道这种感觉可以维持多久，所以它的性质是不确定的。

　　在外界的奢靡面前，杨杰的放浪形骸和玩物丧志在我阳春白雪的内心世界里，注定了他骄兵必败。

　　十八岁，一个风姿绰约的年纪。这个阶段谁都会有沉溺的东西，被花花世界所吸引，却不是谁都能幸运地走出去。

　　我没有沉溺在年轻人都在追捧的电脑游戏里，也没有沉溺在任何风花雪月的男女关系里，却偏偏沉溺在一个虚无缥缈的声音里。谁也阻止不了我的沉溺，谁也没能把它及时地扼杀在萌芽期。

　　我开始叛逆，并不停地呼吁尊重的权利。得到的回答却一致的统一："尊重你，并不等于让你肆无忌惮地沉溺。"

　　尹颜从首尔回来，风驰电掣地直奔我家里。说是准备休学一年，再考虑要不要继续念下去。我再三追问，也问不出什么东西。

我很避讳尹颜问我之前的情感问题，我把它当作了一段只有节奏没有歌词的插曲，奏得再好听，也没有意义。

母亲为我买了个台式电脑，并办理了网校，以方便我学习。初次用电脑，我满脑子都写满了好奇。

再开学，我就已是高中三年级。尹颜怕影响我正常的作息，并没有住在我家里。为了能多看我一眼，每个星期都会往返于两个城市之间。

尹颜也经历过这个年纪，所以她很有自知之明地选择给我创造更多的空间。我却利用了她的好意，拿出了更多的时间放在了与学习无关的闲情逸致上。

我神不知鬼不觉地下载了一个聊天室，隐藏在不常用的E盘里。每次尹颜过来检查我的学习，都了如指掌地放在心里。

尹颜从不提，她知道我这个年纪最需要的是什么东西。回去后，她也在自己的电脑里下载了同样的聊天室。不是为了监视我的学习，而是想了解我的内心在渴望的东西。

每次打开网校准备学习，我都会戴上耳机，不自觉地到聊天室里去。我给自己起了个独特的名字，叫深蓝依旧。在那虚拟的世界里，每天都有人在唱着各种动人的歌曲。

起初，我只是听听而已，每次也只是小憩半个小时就很自觉地去网校学习。

聊天室里的人不多，尹颜每次都会在固定的时间等候在那里。看着深蓝依旧进去，再看着深蓝依旧出去……

每天循环地进进出出，我也没有玩出什么新奇的东西，尹颜也就放松了警惕，当我只是把聊天室当成了茶余饭后的点心而已，吃过了，甜在心里，也就过去。明天的点心还备在那里，不会有什么问题。

或许尹颜忽略了一个问题：每天都吃同一种点心，总有一天会吃腻。就算备了再多放在那里，也只会让人看了恶心。

就当我准备换种点心的时候，聊天室里一个声音出现在我的耳膜里，感心动耳地唱着我最爱的《冰雨》……

在情深一片的歌声里，我感觉我仿佛又走进了童年的梦里。只闻其声不见其人，像极了那个谜。我如醉如痴地把灵魂都融入我向往的那个声音里。

从此之后，我每晚都会进聊天室等待这个谜，洗耳恭听他唱的每一首歌曲。从起初的半个小时逐渐地延续……无法自拔地沉溺在这个声音里。

就连每天的状态都像是吃了过量的吗啡，不是在无限的幻想里，就是在浮想联翩的梦里。

一天，我终于不甘每天只是缄默在他的歌声里，我妄想着自己可以走进他的生活里。我鼓起了勇气，心跳加快，迅速地敲打键盘，输入了深藏已久想说的话语。反反复复地输入，然后又反反复复地删去……最后，只留下了充满悬念的一句，发送了过去："我中毒已深，解药在你手里。"

两分钟过去，对方就回了消息："我没有解药，请给我一颗药性跟你一样的毒药，以毒攻毒才能救你。"

我就这样一头栽了进去。在人生最重要的时期，迷失了自己。思想处于起伏期，迷恋上一样东西很容易。此后每天，我都像灵魂被掏空，思想被魔鬼吞噬，一往情深地念念不忘我的谜。

每晚聊天室里的那个谜都唱歌给我听。他的声音有种魔力，它可以贯穿我的整个身体。我只顾享受着这种刺激，早已没有了判断是非的能力。

聊天室里，尹颜见我逗留的时间越来越久，也开始寝食难安地担心起来。她太了解我的性情，她知道我只是表面上很温顺而已，其实骨子里从出生起就隐藏了一股挥之不去的傲气。

她不想再轻易地冒任何风险去与我对立，她宁愿帮我收拾烂摊子也不愿因此而失去。她宁愿选择相信，相信我知道网络和现实的差距。

所以，她再着急也只是咬牙切齿地待在家里，在十五平方米的房间里绕圈圈，走来走去，任由我一点点地陷进虚拟的世界里。

在那个世界里，没有道德，没有伦理，更不会有人在乎一个十八岁的少女是否正处于人生转折的关键时期。我固执地坚持着自己，挥霍着青春，把人生当成了儿戏。

第十二章

一些人，一辈子都在追寻爱情，执着地认为它是情感世界里最美好的东西。而一些人，一辈子都在追逐利益，固执地以为它是情感生活里最靠谱的东西。

爱，它追寻不来，珍藏不住，一旦被触碰就会玷污它纯洁的色彩。它无形地存在，它总有一天会悄然地离开。它是内心的挚爱，灵魂的伴侣。你信任它，它便无处不在。

利益，它求之不来，储存不久。一旦被得到就会激发它无限的光彩。它有形地存在，它没有一天会被忽略地掩埋。它是智者的朋友，愚者的克星。你看清它，它便无影无踪。

这个暑假，上演了一出反转剧。没有人知道他们为何会走到一起。多年后，我才清楚，当时只有杨杰知道："他是因为爱；她是因为利益。"只是为了各自想得到的东西，做了一场合理的交易。

杨杰自从被我抛弃，一直没有忘记曾经山盟海誓的甜蜜，也一直自暴自弃地活在初恋的阴影里。暑假，顺理成章地成了他作践自己的大好时机。

　　每天胡子拉碴地把自己憋在只有一个人的房子里。大热的天儿，头还捂进被子里，搂着MP3，不停地声嘶力竭地唱着爱情，爱情……偶尔会满头大汗地起来，光着身子，穿个大裤衩子，头发里时不时地挥发出一些馊臭的气味儿，吃些垃圾食品充饥。

　　杨修知道后，气急败坏地从石家庄回来。打开房门，彻底被眼前的情景惊呆。满地的泡面盒子和各种食品袋，一大群苍蝇围在上面，很给力地帮忙消灭一些残留的液体，简直就是一个垃圾堆。

　　杨杰正窝在被子里，跟着MP3里的音乐，鬼哭狼嚎地唱着小曲，脸上淋漓尽致地展现着投入的神情，感觉自己正在仙境。

　　杨修一把把他从被窝里揪了出来，MP3也被当成了垃圾一同扔到了泡面堆儿，苍蝇以为又来了什么美味，一窝蜂地拥了过去。

　　看着他萎靡不振的样子，杨修火冒三丈地大发雷霆："你小子长本事了，还自导自演起了《射雕英雄传》，真把自己当个角儿呢。"

　　杨杰一脸无辜地坐在床上，傻头傻脑地看着他："何必拿我跟郭靖媲美呢，直接说我现在的形象比较帅多好，我能挺得住。"

　　杨修怒不可遏地把公文包狠狠地扔在他身上，激动地喊着："你去照照镜子吧，还郭靖呢，我看你就是梅超风的化身。"

　　看到杨修是真的生气了，杨杰立即从破破烂烂的床上站起来，提了提掉了一半的大裤衩子，可怜巴巴地抓了抓头，就溜进卫生间去了。

　　而此时，我正在家里的电脑上火热地聊着天。敲键盘的手也不知不觉地长了一层老茧出来，不食人间烟火地沉浸在虚幻的乐趣里。

尹颜没有提前打招呼就大老远地过来敲门，我很不情愿地走过去开门，还没来得及反应，就被尹颜敏捷地拉了出来。

对流风"砰"的一声把门给带上了。我穿着拖鞋，一脸茫然地愣在那里。二人四目相对了下，尹颜冲我不好意思地笑了笑，就把我带到了"根据地"。

像是事先商量好了似的，我刚坐下，杨修就拉着被收拾干净了的杨杰过来了。

杨杰看见我，一时没法释怀，像看见仇人般，掉头就想走。杨修用力地拉住他的胳膊，在他耳边不知说了些什么悄悄话，他就像变了个人似的，趾高气扬地走了回来，然后开始眉开眼笑地盯着一旁的尹颜，不怀好意地笑着。

我看着他诡异的样子，在尹颜旁边小声地嘀咕着："颜颜，那小子今天好像不太对，一直看着你傻笑。"

尹颜，巴头探脑地看了杨杰一眼。两人目光一交会，尹颜就不好意思地脸红起来，立刻把头低下，喝起了饮料。

一向心里藏不住事、喜欢人来疯的杨杰，看见尹颜羞怯的样子，不可自控地戏弄起来："哎哟，还不好意思了，以后都是一家人了，还有什么可遮遮掩掩的。"

杨修有点胸中无数地推了下口无遮拦的杨杰："你小子还真是狗嘴里吐不出象牙，什么话到你嘴里都变了味儿。"

杨杰没理会杨修，得意忘形地看着我，皮笑肉不笑地讥讽着："蓝蓝，就你一个人被蒙在鼓里呢。你就没看出什么端倪？不问问哥，也不问问你最好的朋友发生什么事了？"

　　我目瞪口呆地看了看旁边一直低头喝饮料的尹颜，又看了看对面一直不敢跟我目光相对的杨修，匪夷所思着。

　　杨杰见状，还是没管住自己的嘴巴，大大咧咧地对我"哼唱"着："你的杨修哥跟你最好的朋友尹颜在一起了。我们是不是应该庆祝下。"

　　我吃惊地张大了嘴巴，想要说点什么，却欲言又止。杨杰在一旁，不断地添油加醋，让杨修有点心烦气躁。

　　杨修心烦意乱地没控制住情绪，一巴掌打在杨杰的脸上，吼着："你小子给我闭嘴，滚回你那垃圾堆儿去。"杨杰捂着脸，没有一句话，脸色沉重地走了出去。

　　杨修意识到自己的冲动，也随即跟了出去。剩下我和尹颜两个人冷冰冰地坐在那里。

　　我自始至终没有说一句话，沉溺在网络的我，尽管心中有些难以言表的失落感，却已没更多的精力去关心除此之外的事情。我已被网络中的声音麻痹了所有的神经，除了倾听，已不会表达自己的任何感情。

　　尹颜本是有预兆地带着我过来，准备了很多话，最后却都半吐半吞地咽了回去。她觉得现在的我深陷雷区，一碰就炸。她想让我独自走出自己给自己圈禁的那寸土地。

　　杨修的巴掌打得出其不意，内敛的性格让他的内心装载了太多的东西。从小到大，他和我已形成了一种默契。他更愿意听我自己问他关于他的各种问题。

　　杨杰出乎平常地冷静，回家后，就稳定了情绪，没吵没闹。像是看了一场别人的电影，跟他没一点的关系。

一个月的暑假，我把所有的时间都搭进在电脑里，着迷到不分窗外已是白天还是夜里。母亲还以为我在有模有样地学习，怕我辛苦，炖了各种补品。

高三即将来临，我全然没有一点时间紧迫的压力。也从不照镜子看看自己，因长期对着电脑，脸色蜡黄，双腿无力，情绪却总是处在兴奋期。

尹颜见事情不妙，理智地打了小报告。杨修知道后暴跳如雷，杨杰却截然相反，满肚子坏水地幸灾乐祸起来。

尹颜对我开始了每周一次的间接性引导教育。譬如：网络聊天害人害己；时间易逝，抓紧学习；克制自己，只有一年而已；多想想曾经意气风发的自己，向梦想看齐……

以前，我最喜欢听尹颜通宵达旦地给我讲各种人生的大道理。尽管过后不久就会有选择性地忘记，但我听的时候，总是专心致志，瞪着一双水汪汪的大眼睛，充满了对未知生活的各种好奇。

而现在，尹颜每次苦口婆心地讲起，都会被我以各种理由躲避。我完全把尹颜的话当作了"哑巴屁"，不仅没有声音，连一点味道都没法进入我的呼吸道里去。十几个回合过去，尹颜就对我丧失了耐心，雾惨云愁，哀哀欲绝。

杨修也做了回艰难的决定，把自己兢兢业业创立的小有规模的公司放下，回到老家，和杨杰一同住在了老房子里。

和尹颜的说教方法比起来，杨修的方法略微高级。他每天都堵在我学校的校门口，买各种女孩儿喜欢的东西，分散我的注意力。

他得手几次后，就有点炫耀地得意忘形起来。随着电子产品不断地更新换代，MP3 已被升级后的 MP4 取代。他想着买了这个，我就不用上网了，可以把网校里的东西都放到 MP4 里，随身携带。

可是出发点再好，最终也只是千里之堤，溃于蚁穴。一失足，成千古恨。我把那个"谜"给我唱的所有歌曲，都载到了 MP4 里，成就了杨修"随身携带"的美梦。

杨修知道后，心理防线彻底地崩溃。被打击到一蹶不振，每天只知道唉声叹气和后悔莫及。

杨杰对我给的分手理由，一直都无法接受，总觉得那只是一个借口。分手后，自己难受了几个月，每天都在煎熬。我却过眼云烟，转瞬即逝，这么快就有了"新欢"。他接受不了，心里有点扭曲地开始了各种极其幼稚的报复手段。

自习课上，杨杰代老师发测试的数学卷子时，他故意调包发给了我一张生物测试卷子。全班都在做第一轮的数学模拟试卷，只有我一个人在做生物复习试卷。交卷子时，不但没有数学成绩，还让厌恶生物的我绞尽脑子地思考了两个小时。生物老师以为我痛改前非，激动不已。

课间休息，我去卫生间嘘嘘时，他联合三五个男生一起站在女厕所的门口，不让我进去。我内急，不得已走到对面的男厕所去，然后被围堵在里面，尖叫着跑出去。

因备战高考，大家都在分秒必争地复习，很少有人中午回去，都选择留在教室里吃盒饭。去领盒饭时，他总会提前过去，把两只死苍蝇放进我的那份饭里，埋在米饭的中间，看着不知情

的我吃下去。过后会站在讲台上宣布，我勇敢地吃了史上最牛的
"营养品"。

就连放学回家的路上，也不得安宁。杨杰时常会带几个小混
混一起，跟在我的后面，寸步不离。几个大男生像三八似的挤兑
着一个美女，比如：头发长见识短；蝙蝠身上插鸡毛（算什么
鸟）；长了个斑马的脑袋（头头是道），却非要往上打口红（装
纯）……

我知道他的脾性，从不回话，也从不跟他计较。尹颜知道
后，忍不下去，把杨杰的所作所为告诉了杨修。

杨修这次没有再出手，而是拍了拍杨杰的肩膀，用男人的方
式，冷冷地扔了句："这样对待自己曾经喜欢过的人，你能有什么
出息，连'男人'二字都肩负不起。"

此后，没有了杨杰弱智的报复，也脱离了尹颜和杨修的各种
劝导。网络，给我创造了更多无形胜有形的时机。

聊天室里，我认识了童琳。童琳比我大两个月，生活在南
方。家境优越，对我关爱备至，呵护有加。

每晚九点半，我晚自习后到家，房间里的座机总会准时地响
起。每晚我都会准时地等在电话那里，铃声刚响起半声不到，电
话就被我飞快地拿起，和童琳煲起了电话粥。

我也曾略带戒备地问童琳："你为什么对我这么好？"

童琳会果断地告诉我："因为你很像我不在了的妹妹。"

我没有半点质疑。一直瞒着尹颜，通过电话保持着这种秘密
的朋友关系。童琳时常会邮寄一大堆的零食到我的家里：薯片、
果冻、巧克力……

两个月后，我们两个人的关系迅速升级。童琳没有买到卧铺票，在火车上站了二十一个小时来到我的城市，只想看一眼这个像似她妹妹的女孩子。我为此翘了半天的课，陪童琳一起。

这一次，我并没有像初见尹颜时那样心情澎湃。在车站，童琳一身运动装，中性的装扮站在冷风里。我看到后，很自然地就走了过去。

仅仅一个下午，短暂的相聚。我认为：如果不是缘分，我们天南海北也不会相识在一起。临走前，童琳把我当成了自己的妹妹，不断地告诉我："乖乖的，听我的。"

转眼就到年底，我的成绩不尽如人意。几乎所有人都把我放弃，任由我自生自灭在自己幻想出的世界里。

我的世界里，未来却是一片光明。一觉起来，突然想起尹颜已有一个月没跟我联系。或许是心有灵犀，心里有点忐忑地担心起来。

上学前，我早餐也没吃就心急火燎跑到杨修那里。表情凝重地看着他："最近有没有跟尹颜在一起？"

杨修看了看手机，找出尹颜的电话号码拨了过去，响了几声后一直无人接听。我有点着急，怒视着数落起来："自己的女朋友，也不知道关心。"杨修无奈地看着我："快点上学去，别掺和我的感情问题。"

我心乱如麻地转身离去。一路上，心里不是滋味地踢着路边的小石子，言不由衷地温柔地谩骂着所谓的爱情。

第十三章

有些事，一旦发生了，跟牢骚地抱怨比起，或许只有坦然地接受才最实际。不可能事事都如你的意，好人有好报，纯粹是理想主义，毕竟生命的长度身不由己。

我每天的牢骚起了效果，让我粉嫩的小脸上长了几粒青春痘，每颗痘痘里，都是火气。每晚睡着后，都会不自觉地挨个抓来抓去，痘印在脸上很明显，又赖着不肯下去，像个花猫似的，连出门都没勇气。

母亲开始着急，每天奔波各大药店和医院，帮我寻找治愈的秘籍。可是，药没找到，却在取经的路上发现了尹颜的踪影。

盛京医院的门口，尹颜在卖烤地瓜的小摊贩那一个劲儿地翻着比脸还干净的裤兜，几枚硬币噼里啪啦地掉在地上。她满脸的倦容，蹲在地上像找宝贝似的逐个寻找，一毛、五毛……

母亲虽是个高度近视，但在关键时刻眼神往往都特别好。一枚一毛的硬币，刚滚落到下水道的缝隙，就被母亲在千钧一发之际捡起。

还没等尹颜伸手，母亲就已经帮着把烤地瓜的钱付掉了，拿着一直在冒热气儿的地瓜，看着她。

尹颜不好意思地接过来，拿着身上仅有的几块钱，往母亲的手里塞。你推给我，我推给你……

卖烤地瓜的阿姨，像看热闹似的瞪直了双眼，自己看不过瘾，还走到旁边，叫上卖苞米的阿姨一起。

无奈拧不过母亲，尹颜有点难为情起来，也不知内心在煎熬着什么，对着苞米摊那大声地叫唤着："地瓜……"

似乎卖什么，就一定对什么敏感。卖地瓜的阿姨兴奋地挥着手，小跑着过来，应着："来了……"

母亲看着她猥琐的动作，捂着嘴巴，偷偷地笑着："你又不叫地瓜……"

一旁，尹颜则像内心受挫似的，面部表情极其狰狞地把地瓜往卖地瓜阿姨的眼前一晃："这地瓜我不买了。"

母亲挤眉弄眼地看着她："这孩子，钱都给了，就是你的了，咋就不买了。跟阿姨客气什么啊，几个地瓜能值几个钱。"

尹颜不说话了，眼巴巴地看着那两个地瓜，滚烫的眼泪儿顺着眼角流下。

母亲把地瓜从塑料口袋里拿出来，剥了皮，放进尹颜的手里："傻孩子，怎么还哭了？快点趁热吃，捂久了，都是哈气，该不好吃了。"

尹颜收干了眼泪儿，吃着地瓜，心里泛起一层层的波浪，脸上积攒了难以掩饰的苍凉："我来医院看朋友，外面风大，我先回去了。"接着，像过街的老鼠似的，仓皇而逃。

傍晚，我放学回家，饭也没吃就飞快地坐到电脑前。母亲拿着一碗热乎乎的饭菜过来，放在房间门口的书柜上。不知所云地边走边说："今天去沈阳给你买药膏，在盛京医院门口看见尹颜了。"

旁若无人的我，像受了刺激，猛地从电脑前蹿出来，貌似心疑地看着母亲："您没看错吧？"

母亲莫名其妙地拍了下我的头："我只是有点近视，又不是老花眼，怎么可能看错。"

我依旧不敢相信地瞪着两个大眼睛，嘴里振振有词："对啊，您只是一点点近视，您只有六百度而已，略微带了一点点的二百五十度的散光。"

母亲看着我夸张的表情，吃惊地解释着："我还给她买了两个烤地瓜，这孩子不知怎么了，还哭了。说是去医院看朋友，脸色看着不太好，可能是冻的。"

我拿起书柜上的米饭，心里不知在酝酿着什么，不敢相信地大口大口咀嚼着。

这个周末，我破天荒地没睡懒觉，六点钟，天还没亮就跟母亲一同起来。吃了两个荷包蛋，在母亲上班前就出门了。

这个时间点，杨杰正抱着杨修的脚丫子，流着口水，呼呼大睡着。我精神抖擞地敲着房门，敲了会儿，见没反应，便把耳朵贴在冷冰冰的房门上仔细地听着声儿，也没听见里面有任何的动静，开始气冲冲地手脚并用着，连敲带踹……

杨杰睡得像死猪似的，还打着呼噜。杨修被冻得哆哆嗦嗦地爬起来，趿着一只拖鞋，蹦到门口，从猫眼往外望着。

我火冒三丈地出现在他视线里，一手叉腰，一手按着墙，火山马上就要喷发。

杨修感觉像是有大事要发生，没敢开门，赶紧去简单洗了把脸，漱漱口，随便披了件衣服就出来了。

我紧绷着一张脸，脸上仅有的几块赘肉还在不受控地抖动着。无奈，没压住心里的闷气，一派发泄性的理论教育脱口而出："早睡早起身体好，你不知道？时间就是生命，一天之际在于晨，你没学过？你是瞎子吗？走路不分日夜的……"

六点半，天才蒙蒙亮，就被莫名其妙的敲门声给吵醒。起来后，还要无缘无故地被数落半天。被骂时，还得忍气吞声并且毕恭毕敬地听着。听完后还要厚颜无耻地笑脸相迎。以上几条，杨修全部做到。所幸还算是表现良好，才解了我的一时之气。

心情平复后，我依旧面不改色，有精无采地看着一脸困意的杨修："我妈在沈阳看见尹颜了，你跟我去找找，我知道在哪儿。"

杨修跟没事人似的事不关己地答应着："我回去穿件衣服，时间还早。"

我难得起了个大早，就为了能早去早回。一听到杨修说时间还早，又气不打一处来，手舞足蹈地叽歪着："是你女朋友，自己不但不着急，还得我帮着找。我看你真是没睡醒，一头肥猪就这样没头没脑地跑进了屠户家，找死呢吧……"

杨修知道自己无意间又惹事了，蒙头转向地回屋换衣服，一把把房门带上。我像唐僧似的，对着铁门，碎碎念地自我发泄着。

三个小时后，我穿了一件薄薄的外衣，在盛京医院的大门口像门神似的守着，被冻得脸色苍白，嘴唇发紫，面无表情。每每路过一个人，都会不自觉地看我一眼。

杨修心疼地看着我，也不敢言语，怕不小心再说出什么敏感的话，惹我生气，时不时地帮我整理下被风吹乱的头发。

两个小时过去，我还是不吃不喝地自己跟自己较着劲儿。杨修实在忍不下去，用蛮力把我拉到了医院的一间病房里。

我不听使唤地想尽办法挣脱着，直到看见病房内那张熟悉的脸才平静下来。杨修从容地低下头，把脸凑到我的耳边，窃窃私语："是她逼着我不让告诉你的，我就说纸是包不住火的，她偏偏不听。"

我感觉自己被欺瞒，大梦初醒般地看着他。杨修连忙慢声细语地解释："就是贫血，没事，你别着急。"

病床上，尹颜像惊弓之鸟一样，心惊胆战地看着我们，面如死灰，索性一头把自己捂进被子里。我仍站在门口，为杨修是否有意隐瞒而纠缠不休。

"你们别站在这，换个地方探讨去，别影响病人休息。"一个年轻的小护士，推着医用车过来，蔑视地看着我们。

我们果断地往两边散开，小护士昂着头，像在走星光大道似的从中间穿过。拿出一袋跟康乃馨的颜色一样的液体，给尹颜挂上。

我火速地走过去，小心翼翼地问："这是挂的什么啊？贵不贵啊？"

小护士瞥了我一眼："血都不认识啊，你说贵不贵？"

杨修赶紧接过话："不贵不贵，治病要紧，我付得起。"

小护士估计这两天还在生理期，不依不饶地继续掺和着："付得起就好，要不只能你慷慨解囊献给她了。"

杨修忍无可忍地瞪了她一眼："多事。"她推着小车为避免节外生枝，扭着小蛮腰就出去了。

我之前就知道尹颜有贫血的毛病，只是没想到会越发得严重。

眼看着自己也帮不上什么忙，便吵着闹着要去验血，给尹颜治病。

我的倔劲儿一上来，谁也拦不住，只能由着我去。偌大的医院里，排队加上等结果，足足耗了两个多小时的时间。

过程虽等得痛苦，结果却合乎人意。血型匹配，我成功地给尹颜奉献了200cc的血。除了我一个人得意地笑着，一泯恩仇。杨修和尹颜都恨不得哭天抹泪。

在医院折腾了一天，晚上回到家已将近八点。母亲无微不至地帮我热着剩饭剩菜。本来就清瘦的我，体重才刚刚达标，献血后有些头晕，吃了两口便倒头就睡。母亲也没有多问，帮我盖好了被子就到客厅看电视去了。

或许是和医院的小护士赌气，也或许只是想尽自己的一点绵薄之力，我逞能献血后没几天就出现各种身体不适的反应：头晕，恶心，呕吐……

春节的前几天，杨修在回石家庄前，欣喜若狂地跑来告诉我："尹颜出院了，年后会来看你。"我知道后，又忘乎所以，一股劲儿地沉浸在网络里。

整个春节，我都感觉不到亲人扎堆儿在一起的火热，也听不到窗外爆竹不分昼夜地声声叫着喜庆。那个被虚构出的世界难以捉摸，我却活得很纯洁。包括童琳在内，没有人会对自己说过的话负责，只有我才会单纯地记得，我或许还并不清楚，只有自己才能对自己的人生负责。

正月十五，尹颜顶着一轮圆月过来看我。敲门时，我正兴致勃勃地欣赏着童琳邮寄过来的当下最流行的运动服。母亲开门后，听到尹颜的声音，我立即慌乱地把它扭成一大团儿塞到床底，接着强制性地拔掉电源给电脑关机，有模有样地拿出一本书，心有余悸地装作在认真地复习。

尹颜看上去气色依旧欠佳，我看见她立刻放下装模作样的课本，到电脑桌的抽屉里拿出大包小包的零食，逐一地拆开，放进尹颜的嘴里。

尹颜笑眯眯地看着我："蓝蓝，你都十九岁了，还这么喜欢吃零食。"

我舔了舔手指，拿了一根奇多，堵住了她的嘴："都是吃而已，管它吃的是什么东西。"

尹颜也舔了舔自己的手指，回馈了一根奇多，放进了我的嘴里："说得有道理，口水也是不错的东西。"吃着尹颜的口水，我为自己说的话后悔莫及。

每年的正月十五，为了庆祝阖家团圆，这个城市晚上八点都会准时放近半个小时的烟花，尹颜还是第一次看见。

晚饭后，我挎着尹颜的胳膊，优哉地散着步，往市中心的广场那走去，那儿是看烟花的最佳地点。

冷风打在我们的脸上，我把手放进了尹颜的衣兜里取暖，尹颜细心地帮我把帽子往下拉了拉。吃饱喝足后，怕冷风吹进肚子里，一路上，谁也没有开口说话。

广场上，看见卖糖葫芦的大叔在吆喝，两个人一人买了一根，拿在手里，正配头顶那轮圆圆的明月。

八点的钟声响起，五彩的烟花伴随着燃烧时"嘶嘶"的声音，在天空中落下，五彩斑斓，花团锦簇，感觉就要落在头顶。尹颜有点害怕地往我身后躲着，一会儿蓝色，一会儿红色，一会儿绿色，一会儿紫色……如天女散花般形形色色。

五光十色的花团一碧千里地映在我稚嫩的脸庞，趁着烟花在空中绽放的声响，尹颜躲在我身后，大声地喊着："烟花像你一样美丽……"

我揉了揉耳朵："你说什么?"

尹颜在我耳边，放大了音量："我说，烟花很美丽……"

我笑了笑，继续仰头看着。漫天的华彩，争奇斗艳着灿烂夺目。每个人所看到的都不会是同一种美丽，尹颜不知道自己在说什么，却话已出，收不回。

年算是过完了，尹颜颇有收获地回去。杨修的公司危机重重，只能杨杰孤身一人回来。这小子或许真的很难忘记，明知还有半年就各奔东西，他抓紧最后的时机，决心重新挽回他所谓的爱情。

对于已逝去的东西，不是光靠努力就可以挽回。如果没有做好足够的心理准备，只是一头热地投入进去，很容易让人伤痕累累。

杨杰固执地认为，我就是他今生的爱情。他轻狂地告诉身边所有人："大学算什么东西，蓝雪才是我毕生最值得的追寻。"

大学的确不算什么东西，最多只是一张可有可无的纸而已。至于所谓"毕生最值得的追寻"，也许在十九的年龄还言之过早，只是一个人而已，追寻到了又怎样，一生还很长，还有很多值得追寻的东西。

我听说后，只是冷冷一笑。换作从前，这该是多么让人感动的豪言壮语，而今我却怎么也开心不起来。

我只知一味地耻笑杨杰对爱情的愚昧，却把自己的爱情悬放在了半空中无法触及的部位。自己将自己的灵魂绑架，迷失在虚无缥缈的幻觉里，荒唐地成为别人的傀儡，看不上别人付出的各种情感，固执地认为自己的追寻才最宝贵。

杨杰想尽各种办法去争取最后的机会，从唱歌、弹琴、买礼品到后来的关心、道歉和下跪……

我漠视这一切，形同陌路地疏远着，如此的决绝，仿佛我们之间从没有过一丁点儿美好的时刻。犹如一匹脱缰的野马，肆无忌惮地从杨杰身上踩过。

杨杰不得已再次地对我声嘶力竭："我只犯了一个错，为什么你就不肯原谅我？"

我凄静地坐着，眼里仅有的一丝光芒也开始落寞："在诱惑面前，你没有选择我，这不是错，而是堕落。"

杨杰疯狂地从座位上挣脱："难道就因为我一时的堕落，你就当我从没在你的生活中来过？"

我泪眼汪汪地拿出我曾经最珍爱的"爱心娃娃"，在它的心上一笔一画地写着："请你像爷们儿一样活着。"

杨杰难以置信地从我颤抖的手里接过，伤心欲绝地点着头："我知道了，原来你从没爱过。"

我转身离开，爱莫能助地说着："总有一天，我会告诉你爱情是什么。"

如果一个人可怜到只有一副躯壳，那么什么话都无须多说，自我作践是唯一的选择。

我也只能说些大言不惭的话，拖着一副破裂的躯壳，却还以为自己活得有声有色。

第十四章

谎言，就是谎话连篇。所谓善意的谎言，也要看对谁而言。出发点再美好，目的也都是一样。说得露骨一点，就是欺骗。为了美化自己的语言，而叫它善意的谎言，也许部分人会喜欢，但所有人都不喜欢被骗，除非他是神仙，经受得住心灵的摧残和岁月的考验。

阳春三月，暖暖的微风从我柔软的发梢上浮过，刘海儿却软绵绵地贴在额头上动弹不得。尹颜随手扭断一根柳树的枝条，拨着我分了叉的刘海儿，津津有味地取笑着。

杨杰在高考报考前一个月，就因户籍原因，转回了石家庄的学校。没有我在他面前兴风作浪，以他的性格，真的可以很快活。

如果说忘记过去，就等于背叛自己。那么这个阶段，我所忘记的一切，足以让我在归天后入地狱，阎罗王会让我逐一反省。

尹颜在我学校的对面，租了个不大的单间，每天中午和晚上都亲力亲为地做饭给我吃。她想满怀期待地守候着，等我高考后，能一起到首尔去。可我现在的状态，不仅自身难保，哪个大学肯收留我都是问题。

因为跟那个"谜"进展得不太顺利,我开始在千里之外自我折磨自己。不仅逃课,还整天把自己泡在酒罐儿里,看谁都不顺眼,连吃饭和说句话都像在耗尽我最后一点力气。

尹颜隐忍着,尽量配合我不稳定的情绪。每天都变着法儿地做各种美味菜肴,以为诱惑我的食欲就可以改变我被诱惑了的情欲,妄想着我能快点走出去。

我才没心思体会她的良苦用心,因为一个不着边际的人,随时携带一种不着边际的情绪。无视尹颜辛辛苦苦的劳动成果,挑三拣四地指指点点,无理取闹地耍着小姐脾气,像个美食专家似的发表各种点评。

尹颜渐渐地开始忍无可忍,不是因为她没有脾气,也不是因为她有一个好脾气。而是因为发脾气的对象,是否能让她有发脾气的欲望。

当然,有时欲望也需要被刺激才能激发。在我高强度的刺激下,争吵成了家常便饭的事儿。斗嘴的过程中,一个善意的谎言被无意间吐露。如果不说,它还算是个秘密,一旦出口,它就发生了质变,成了欺骗。

晚上,尹颜做了一桌热乎乎的饭菜,自己没舍得动筷,眼巴巴地看着,只盼我能率先金口一开。我心不在焉地看着,拿着一根筷子,在糖醋鲫鱼的尾巴上拨来拨去。

尹颜夹了一块鱼肉,放进我的碗里:"一根筷子能吃饭吗?还真要我喂你?"

我神情恍惚地吧唧着嘴:"你没看见我正在欣赏它完美的曲线吗?你看,都被你破坏了。"

尹颜无奈地看着那条变了形的鲫鱼："真有情操，不至于……残缺的美才最美！"

为了配合我多变的"品位"，确实要煞费苦心。我无视这一桌可口的饭菜，把筷子当作了圆珠笔，在手指上转来转去。一旁尹颜的肚子，在饥饿难耐地"咕咕"叫，疯狂地抗议着！

突然，我像是发现了新大陆，表情奇怪地摆弄着自己的刘海儿："颜颜，我怎么从不见你跟杨修哥一起呢？你们这算是哪门子恋爱……"

尹颜摸着备受煎熬的肚子，夹了点青菜到碗里，闷头咯吱咯吱地咀嚼着，装聋作哑起来。

我没好气儿地追问着："我在跟你说话，你没听到吗？你知道恋爱是什么吗？"

我咄咄逼人的态度，让尹颜很不舒服。她把筷子往桌上一扔，有点气恼："我是不知道，你要是知道恋爱是什么就好了，也不会像现在这副样子。"

我一脸的颓丧，把手里正在转动的筷子往鲫鱼身上一插："我怎么了？我有人追，有人爱，还有人无偿给我做饭。你有什么？"

看着我嚣张的样子，尹颜脸色剧变："我有了一个你，已经让我够费脑筋的了，我还能有什么。就算真有什么，也是可有可无的了。"

我不留余地、雪上加霜地讥笑着："既然如此，那你们还在一起干吗？好像是我让你们变得可有可无似的。"

尹颜愤愤地看着我，愤恨的眼神看上去是真的生气了："还真被你说对了，我们本来也只是装装样子而已。"

　　我不服气地瞪大眼睛："你还学会装了？装给谁看呢？你们把我当猴耍呢。"

　　还没等尹颜开口解释，我就摔门而去。我是真的长大了，本事也大增。摔门、出走、喝酒、挑事、大吼……这些本领统统都是自学成才。

　　尹颜不小心脱口而出的话，把自己的肠子都悔青了。接下来的一个星期，都不见我的踪影，尹颜感觉事儿大了，担心我胡思乱想、胡作非为，告诉了杨修。

　　杨修放下电话，把公司所有的大事小事都放下，心急如焚地过来。两天后，终于在学校大门口，把刚刚放学的我逮住。碍于面子，我乖乖地就范，跟着杨修一起，很不情愿地去了尹颜的住处。

　　门被打开，尹颜惊讶地看着我，情不自禁地帮我整理着凌乱的头发，一言不发。杨修如兄长般，拉着尴尬的我们俩坐下。

　　不大的单间里，三个人肩并肩地并排坐着。像个汉堡包一样，我被夹在了中间。房间里，不知是什么东西发霉了，散发着一股病菌般奇异的味道。

　　我站起来，想去开窗。屁股刚抬起一半，就被一左一右的两只手拉住，强行按了下去。两个人防范地抓住我的胳膊，默契地对视了一下。

　　杨修开始紧张地用另外一只手不停地敲着自己的大腿，知趣地开口说话："之前只是为了让你和小杰能安心地在一起，所以才编了个理由。无须想太多，这只是一个善意的谎言而已。"尹颜在一旁不敢说话，拼命地点着头表示认可。

　　我皮笑肉不笑地把胳膊从杨修满是汗味的手心里抽出，从兜里掏出一张餐巾纸，故装嫌弃地擦拭着："我还真是庆幸，最终没能和杨杰在一起，要么还真的很难安心。"

　　杨修直勾勾地看着房间里仅有的一丝光线下星星点点飘浮的灰尘，目光呆滞："不只是你，我还骗了我妈。她一直希望我能快点成家，所以……"

　　杨修理屈词穷，不再说话。我也没有再接他的话，只是若有感触地看着他。尹颜在旁边心虚地看着我们俩，还没等我没问她，就不攻自破了。

　　没有人盘问她，她却自我盘查地说了实话："那天我们吵嘴，你问我有什么。这几天，我想了下，结果是：我只有一个梦想，其余的什么也没留下。"

　　我开始后悔自己之前说的气话，安慰地拉着她。尹颜却突然失控地大哭起来，抽泣着抖动着肩膀，泪水哗然而下："我唯一有的一样东西，还是别人给我的。"

　　杨修不得已帮忙解释着："尹颜经常会陪我一起去疗养院看我妈，为了感谢她，我给了她一些钱，她做义工的时候都用掉了。"

　　我吃惊地看着哭得快要抽搐的尹颜，愧疚得百爪挠心："为什么？这就是你的梦想？"尹颜哆哆嗦嗦地点着头："部分而已……"

　　这个不大的房间，突然变安静了下来。谁也不想说话，谁也不知道该说什么话。

　　我开始自责自己当初的鲁莽，悔恨交加。但我始终都没法接受这个"善意的谎言"，难以接受被隐瞒，一骗就是两年。

　　四月初，在柔情的春风里，尹颜也被这股柔情同化，开心地退掉了租住在我学校对面的房子，暂时回了沈阳的家，准备入秋前回到首尔继续学习。

她的喜悦不加任何修饰地装扮在脸上，之所以如此，是因为我自感愧疚而答应了她，高考后会一起到首尔去，一起守望南山塔。

而杨修却没那么幸运，他跟自己没完没了地斤斤计较起来，也没有心情再回石家庄去。总觉得欺骗了我而内心备受煎熬，想着以加倍的补偿来满足自己内心的需要。

他是个完美的理想主义者，他的人生和他的衣着一样，容不下任何一点褶皱和灰尘。于是，每天都躲在那个"不见光日"的老房子里，重复着杨杰在失恋时期日日笙歌的日子。

还有不到半个月的时间，学校就停课了。我空闲的时间也多了出来，也许是受了尹颜的影响，我减少了上网的时间，绝口不提那个"谜"，每周都会到杨修那里复习，为备战高考而努力。

每次我过来，杨修都会容光焕发，不辞辛苦地烧一大桌子菜。尽管我只是象征性地每个菜只尝一口，他还是会笑口常开。看到我像变了一个人，他格外地欣慰。

五月中旬，杨修的公司因长期没人管理，快要撑不下去。我的状态也让他放心，便匆匆地回到了石家庄去。

车站那儿，他不顾形象地买了个苞米，狼吞虎咽跟没吃过似的。一身黑色的西装，坐在汽车里，被闷得满头大汗。笑眯眯地挥着手，像未来看到了希望一样，两腮被苞米塞得鼓胀，跟我一遍又一遍地说着："再见。"

我站在车边，密封的车窗，隔音很好，我什么也听不见。只能对着口型，揣测他唇齿间似乎在说："再见。"

　　每天，来来往往的人群，人们说得最多的四个字就是"你好"和"再见"。可是，你好，你真的好吗？再见，是否有缘还能再一次相见……

　　就在杨修回去后的第三天，尹颜情绪失控地跑来。在被太阳晒得灼热、空旷无人的马路中央，满脸的水珠儿已分不清是汗水还是泪水，晶莹剔透地一抖一抖着……

　　一只手死死地抓着我的手臂，另一只手颤抖地指向天上的白云朵朵："蓝蓝，你杨修哥可能没法儿再陪你了，因为此刻他已在这里……"

　　我不理解地看着她因情绪不稳而此起彼伏的样子，牵强地笑着："你没事吧……"

　　尹颜战栗着拿出手机，哆哆嗦嗦地拨了一串号码打了过去，按了免提。响了两声后，电话那头，杨杰涕泗滂沱地声泪俱下："蓝蓝，哥不在了，我彻底没着落了，一群王八蛋……"

　　我拖着沉重的双腿，坐到路边的马路牙子上，捂着头，一动不动，像根木头。我比尹颜的预料要平静得多，汗水浸透了衣服，没有一滴眼泪儿，表情平淡，像是听了一个从天而降的冷笑话。

　　尹颜走后，我独自回家，再也没有碰床头边的那台电脑。继续正常地吃饭、复习、睡觉，日复一日地重复着。

　　高考前一个星期，母亲给我买了一个手机。我宝贝一样，连睡觉也不例外，每天都搂在怀里。手机是我自己挑的，摩托罗拉黑色的超薄款，跟杨修之前用的一样。

尹颜给我的新手机发了第一条信息：蓝蓝，恭喜你这个永远长不大的孩子，终于有了自己喜爱的玩具。

我看到后，虽没有回复，却柔情似水地笑了。半个月以来，我终于有了表情。

终于熬到六月，紧张的高考结束。似乎从出生起，所有的努力都只为了这一刻，想想自己牺牲了那么多，是多么的不值得。

我总算完成了任务，心里的包袱也得到了解脱。整个人完全松懈地瘫软在床上，吹着母亲自制的肥皂泡。

我拿起手机，发了我人生的第一条信息给杨杰：告诉我，哥……他为什么？杨杰只回了四个字：商业报复。

顷刻，阔别已久的泪水像喷泉般，和肥皂泡一齐一涌而下。我不敢相信地看着被泪水浸湿了的手机，不曾想过，一声再见，便真的再也不见，铸成了永远。

在填报志愿前一天，我只身去了石家庄。到那后才得知，杨杰因至亲的离去而备受打击，精神一度萎靡，没有参加高考，决定留校复读一学期。

在石家庄我曾过夜的房子里，杨杰整理着和杨修相关的所有东西，满墙的手绢也被一一摘下来。

杨杰神情恍惚地看着那个被手绢装得满满的纸壳箱："蓝蓝，这些是你的，你想怎么处理就怎么处理吧。"

我踌躇地蹲在牛皮纸折叠成的箱子旁边，傻傻地看着，眼睛频繁地眨着，睫毛间偶现泪花："都随哥一起去吧，连同我的梦一起融化。"

杨杰的眉毛皱成了倒八字，所有五官都纠在一起，像在犹豫什么想说又不敢说的话，感觉整个人都要被皱得即将蒸发。再三思考后，还是问了我："蓝蓝，你报考的大学定下了吗?"

我缓慢地回过头，不紧不慢地回答："还没有，不急，反正也不会有好的学校肯要我。你关心这个干吗?"

杨杰不动声色地看着我，好像这是他蕴藏已久的想法。终于做回了"老大"，慢条斯理地吩咐着："那你走远一些吧，去我们看不到的地方，去更遥远的地方，找寻你梦里的神话。"

我内心在挣扎，嘴上却没回答。从石家庄回家后，在距离沈阳两千公里以外的城市，随便找了个学校，填在了志愿表上。

往往机会都是留给有准备又懂得感恩的人。有些人错过了，就再也无法挽留了；有些感情失去了，就再也无法弥补了；有些事做错了，就再也无法回头了。

除了杨杰，没有人知道我为何要去那里；除了我自己，没有人理解什么才是违背宿命的代价。

这是我最后一次在父母面前扮演孩子的角色，却是我第一次给自己人生的方向做了选择。父母对我的决定，大方地认同并颇为理解。

父亲用男人的硬朗告诉我："想要有出息，就走出去，永远也别回到这片煤炭颜色的土地。"母亲用女人的柔弱告诉我："走到哪里，都别忘了家，这里有你的爸爸妈妈。"

尽管不是什么一流的大学，最起码我创造了家族的神话。虽不被看好，却还是被幸运地拿下。

尹颜做好了打道回首尔的一切准备，万事俱备，只欠东风。她欢声雀跃地在电话一端叽叽喳喳着："蓝蓝，这几天我一直做梦，梦见我们在首尔的南山塔……"

我虽不忍，还是决绝地泼了冷水，让她万念俱灰："我的志愿只写了一个，梦往往都是反的……"

尹颜果断地挂掉了电话，只听手机里的声音："哒哒哒……"再拨打过去，一直是语音提示：您拨打的电话已关机。

半个月后，一直被我扔在窗台上，被晒得滚烫的手机才再次响起，我光着脚丫子急忙跑过去拿起，是尹颜的信息："明天，我下午一点的飞机，回首尔之前，我想见你。"

我兴奋的心情溢于言表，扔下手机，便开始翻箱倒柜地找起明天要见面穿的衣服。满满的衣柜里，看哪套都觉得俗气，没有一套是合适的，非拉着老妈出去给我再买一套新衣。

在美特斯邦威的店里，我看上了一身糖果色的连衣裙。母亲在买之前虽百般地不乐意，但一看见我穿在身上水灵灵的特别合体，眼睛眨都不眨一下就买下了。

第二天一早，我穿着新买的连衣裙，精心打扮一番后，带上尹颜曾给我写过的所有信件，兴致勃勃地赶往桃仙机场。

机场内，出发大厅的一角，尹颜靠着身边几大箱的行李，无精打采地翻阅着手机信息。漂亮的脸蛋儿上，一双没休息好的熊猫眼格外显眼。

我以为自己的食言已被原谅，破涕为笑后，神清气爽地蹦蹦跳跳着出现在尹颜面前，美滋滋地从背包里拿出一大摞信件，以此证明自己自认为矢志不移的友情："颜颜，你看我一直留着这些信，其实你说的所有话我都有听。"

尹颜接过后，出乎我的意料，她猛然地把每封信都撕碎，而后决绝地丢进垃圾桶里，神情不定地一把把我搂进怀里："如果你真的记得，还留它们做什么。"

突如其来的拥抱把我蹂躏到没剩下一丝的棱角，随便尹颜说什么，都是赐予我无上的荣耀。

机场的广播，不断地提示尹颜的航班即将登机。面临着分离，所有人都力不从心。

临走前，尹颜不甘心地问我："蓝蓝，你可以没有梦想，可你不能没有方向。为什么不和我一起到首尔去？"

我垂头卷着自己的裙角，声音很小却说得心安理得："我没有你那么伟大的梦想，我只想去看看我梦里的那个'谜'。你知道我为此付出了多么昂贵的代价，如果我放弃了，我永远也不会原谅自己。"而后，牵强地抬起头。还没反应过来，一记耳光重重地落在了脸上。满脸火辣辣的，眼睛很难睁开，眼泪却顺着上下眼皮间一点点的缝隙狂流……

放大了的瞳孔还是模模糊糊地看见，尹颜举着颤颤巍巍的手，眼泪儿像自来水一样在流。这重重的一巴掌也像是打在她的脸上一样，忍着疼痛留下了最后一句话："本以为你已长大，却不然，你都不知道该怎么回家，分道扬镳吧。"

我摸着火热的脸颊，触目惊心地看着尹颜的背影在安检处停留，然后头也不回地跟着人群一起随波逐流。

一段友谊的破裂，理由有种种。无论是哪种，相信大多都会伴随着泪水的洗礼，弥留下一生刻骨铭心的代价！

第十五章

因为年轻，总会自大地觉得自己是宇宙众多繁星中最光芒四射的一颗。因为年轻，总会自负地以为自己是花花世界中理应被万千宠爱集聚一身的。即便有再多的伤感，即便有再多的离别，即便拿着最大号的放大镜，也看不见自己失去的到底是什么。

人生是一种生活所形成的罕见的种种，没错！而心情，也只是生活中所体现的一种普遍的神经调节。有一种心情，叫作难过，它一旦错乱就很难调节。

半个月后，我的报考表格上，仅填的唯一一个志愿被录取，这在我意料之中、所有人意料之外。而后的第二天，我毅然决然地做了近视眼的激光手术。

近视的人，想尽一切办法想脱掉卡在鼻梁上让眼睛变形了的镜框。视力正常的人，却在想方设法地给自己的鼻梁架上各种千奇百怪的镜框。人总是喜欢这样，你羡慕我有的，我羡慕你有的……

这段时期在我的城市，流行这个浪潮。为了提升形象的魅力，家里有条件的都去做了。而我之所以如此，还有一个特别的原因。我不想借助任何东西，我需要直接地看清这个残酷的世界！

五分钟不到，我就从手术台下来，整个过程除了能闻到一点像什么烧焦了后的味道，没有一点儿知觉。

手术后的一个月，我只能每天静心修养。难过一直没得到调节，以至于电视、手机、电脑……一系列有辐射的东西，也没体现出它们的重要。

这个关键时刻，童琳莫名地来了。还带来个不知是好是坏的消息，她为了能跟我一起，宁愿放弃更好的学府，跟我在同一个城市学习。

整整一个月，童琳都跟我一起，为我东奔西跑地提供各种优越的待遇，物质发挥了神经调节的功效，我难过的心情也随之走掉。

我上辈子绝对是个慈善家，所以这辈子才会有这么多贵人接连相助。我享用着物质带给我能炫耀的虚荣，享受着童琳给我的赋予了她情感的各种奢宠。

我开始依赖，再次沉溺这种纵容。从不会去想，我是否应当拥有；也从不去想，我有没有一丝情感的投入。

有童琳陪伴的这一个月，虽不能上网，不能用手机，不能看电视……但每天却很充足，视力也得到保护。

从不动手的童琳时常会做我最爱的水蒸蛋给我吃，然后一口口地喂进我的嘴里。我只要随口一提，不管多远多晚，她都会去买各种零食摆在我的眼前。

我总会吃得开心地靠在她的肩上，像靠在一个影子上一样缥缈。几次差点叫错，喊出尹颜的名字……

谁都是独一无二的，没有人愿意甘心做别人的影子。任何情感都是相互的，没有人愿意生生世世做另一个人的奴仆。

我虽神经错乱，但精神还算正常，过去了的种种，我没有勇气跟任何人说。当然，童琳也因此永远不会知道自己所扮演的角色。她不是过客，而是"必剩客"。因为我的人生旅程，此时除了亲人，只有这么一个必须剩下陪我的游客。

我不明白童琳为何对我这么好。我宁愿装作我从没在世间来过，我从不食人间烟火，也当作什么都没见过，所以童琳说什么我都听着。

八月入学前，童琳陪我一起来到了有我大学的这个崭新又陌生的城市。刚走下火车，就感觉整个城市都被团团烈火焚烧着，空气里的余温足可以把我白嫩的肌肤灼烧成哈尔滨红肠的颜色。我不禁感叹北方和南方的天壤之别，却不知这只是千差万别中最容易接受的"一别"。

只感受一天被欢迎的"火热"，次日就马不停蹄地开始奔波。去另外一个陌生的城市，去兑现自己曾经的承诺，激动的内心比天气还要滚热。

童琳帮我买了一张机票，在机场和我告别。除了在开学前等我回来，其余的官方语言她什么也没说，也什么都没做。她知道她无法阻止即将发生的一切。这是我必须要做的，如果能割舍，也不至于失去这么多。

这是我第一次坐飞机，以前也只是在桃仙机场羡慕过。飞机起飞后，我的两只手紧张地相互握着，俯视着窗外的云朵，那是脚踏实地时永远也看不到的纯净颜色，我确定我爱上了这种感觉。

网络上，别人也只是当我是随便说说，可我总会记得我曾经说过什么。随着飞机猛地冲到跑道上着陆，我的身体也随着惯性一起向前倾斜，有一种挣脱"牢笼"的感觉。

终于到达我梦里日日为其痴迷的地方，空旷的庭野，异族的方言，让我魂不守舍。我总是喜欢挑战悬崖赤壁，不被摔得粉身碎骨，永远也不会死心地相信忠言逆耳的劝说。

机场去市区的大巴车上，我东张西望地开始摸索并期盼着……跟我初次到沈阳时一样，看什么都觉得新奇。

再相似也只是过程，不同的是心情。老天也逐渐领会，觉悟很高地稀稀拉拉地下起了雨。不知是有意在配合我的情绪，还是预测到未知的结局，在同情地哭泣。

路边的一间小店铺里，我如愿以偿地见到我的"谜"，开始了我的七天之旅。虽没梦中神秘，也没想象的俊丽，我依然没有理由地坚持我的精神追寻。

这些天，走到哪里都下雨，有意无意地给我们两个人创造了更多能在室内独处的机遇。暧昧、柔情、蜜语……熏陶着我们急速升温的关系，这不是我所盼望的相遇，却还是硬着头皮。

这场雨，从我来到这里起就没停歇，连续下了一个星期，直到我坐上回学校的飞机，老天才肯放晴。

一座小巧玲珑的城市里，吃着路边摊，放纵自己的食欲，无须考虑是否干净。路边石子小路上，手拉着手眉目传情，为所欲为地亲吻，无须顾虑路人的任何表情。简单干净，就是爱情。

这个年纪，没有物质，没有利益，是多么单纯的感情。包括我在内，所有人毕生都在追寻。

回去的飞机上，我反复地自我垂问："梦境如初？梦境相似？梦境相惜？"

我并不确定我找到了，但我还是成功地说服了自己：这就是初恋，这就是我此时最应该得到的感情。

机场童琳看我的那一刻，她尴尬的神情似乎在犹豫，是否应该对我说句恭喜。而我的表情，也足以说明了爱情的魅力。结果谁也没提，心知肚明地走了回去。

大一刚刚开始，就被各种花样男子追求，是件多么让人嫉妒的事儿。我却不以为然，来者就拒。于是，我被迫为"清高"代言，一代就是三年，却没有收到一分钱的代言费。

在这个陌生的城市，童琳给了我一种超然的归属感。与我长距离的精神恋爱比起来，要实际得多。好吃好喝供着，好穿好戴伺候着，每个周末都去逍遥快活。

爱情，掏空了我精神能装载的一切；物质，缤纷了我生活的五颜六色；快乐，让我忘记了父母的嘱托；愉悦，让我释怀了失去时的感觉；笑容，让我改变了封闭的心灵；自私，却让我再也看不见天空的蓝色。

尹颜真的没有再寄一封信给我，就连电话号码也不再是以前我倒背如流的那串数字。

可是这半年的大学生活，我仍是欢心愉逸的。爱情和友情争先恐后地"上位"，及时弥补了心灵的空缺，让我感觉我拥有了全世界。

寒假，我回到了久违的家。四个月未见，母亲因担心和思念，整整瘦了一圈。看着我白白胖胖的脸蛋，母亲为自己的忧心而自讨无趣。脸上新长出的赘肉，足可以让母亲拿去炼油，或者做一整盘锅包肉。所谓"心宽体胖"大概就是在说我这样的人吧。

每天都足不出户地赖在家里，除了偶尔看看电视，其余的时间都在用手机传递着爱的信息。母亲担心我在家里闷发霉了，晚饭后刻意套着近乎，拉我出去走走。

家乡的夜晚，夜色迷人，漫天的星光闪烁。这还是我回家半个月后第一次"高抬贵腿"走出家门。再踩一次这片滋养了我的土地，再看一次滋润了我的风景，我已不再熟悉。心中的杂念，让我在熟悉的地方再也找不到熟悉的自己。

母亲意外的一句话扰乱了我的思绪："你们闹别扭了？怎么不见尹颜过来找你？我还挺想她的，这孩子就是比你懂事，让人惦记。"

我的内心突然受到强烈的刺激，故意避开母亲的目光，驴唇不对马嘴地仰着头看着天："哦，还是咱家里的星星亮。"

没出过远门的母亲，不可捉摸地看着我："一共就那么几颗，在哪看不是一样。"我无奈地摇着头。

不知不觉跟着母亲的步伐，来到了市中心的广场。没有了从天而降的烟花，地上反倒多了个喷泉在时高时低地涌动着，顿成水幕。一个冲天水柱屹立在中央，水花四溅。

喷泉看得我望眼欲穿，母亲一直在我耳边自言自语着，我一句也没听见。我开始猛烈地想念尹颜，不由自主地怀念起在这里肩并肩看烟花的瞬间。

这一刻，我的脑子里没任何人，也听不见风声水声说话声，仿佛回到了去年的今天，烟花落尽，碧丽美景和天空连成一线，尹颜在风中呼唤着："你像烟花一样美丽……"其实我都听见，听得真真切切，却不想自己听见。

突然，正中央的水柱在彩灯的照射下一飞冲天，我的眼泪也随之悠然地充盈满眼。众人在一片哗然后，开始熙熙攘攘地惊呼。我趁着嘈杂的喧闹声，引吭一鸣："尹颜，你在哪里……"

母亲把我拉到一旁，关怀备至地帮我擦着身上被淋湿的衣服，嘴上却不停地嘀咕："喊什么呢？跟着凑什么热闹，我要不拉你，你都走到喷泉中央了。就你这小体格，水柱能把你冲上天。当心感冒了。"

我不可一世地推开母亲，冲到水帘涌动的喷泉里："太热了，让我洗个冷水澡。"

母亲在后面穷追不舍，我在前面如两脚生风般东奔西跑。我像老态龙钟般悲伤着我的悲伤，母亲却像返老还童般快乐着她的快乐。

转眼，又要开学，父母不舍地目送我渐渐走远的背影。我坚持不让任何人送行，提着重量级的行李箱，孤军前行，无须解释，他们没必要知道为什么。

大学，它本应是个神圣的殿堂，却因各种有色的眼光和规范的思想玷污了它圣洁的光芒。我的视网膜像被贴了层保鲜膜，这个学期开始，我已看不清教学楼墙体上贴着的几个大字：至善至美，自立自强！没有一个好的心态，看什么都会走样。

刚刚回到学校一个月，就天降大难于我，苦我心志，饿我体肤。除了我，谁都清楚：被抛弃是早晚的事儿。从我把他命名起，名字就已注定。"谜"是个悬念，一旦猜中就会尘埃落定。毕竟："我们拥有的，多不过我们付出的一切。"

半夜十二点，我把自己的头埋在被子里，对着电话止不住伤心欲绝地哭泣："你为什么骗我？我对你这么好……"

电话连着线，先是一句句地说着比氧气还稀薄的对不起，而后就没有声音。

室友从对面的床铺过来，躺在身后，将我抱紧在怀里。心疼地安慰着："乖，那种人不值得，快点睡觉。"

对我而言，这是多么及时多么温暖的拥抱。人生都有凄美的时刻，这一刻的凄美，我终生都会记得。

距离并不是导火索，精神空虚泛滥也不是缘由。我百思不解，总结为：爱情从没来过。现实推翻了我所有的坚决，初恋说灭就灭。

我一时无法接受这个残酷的结果，低声下气地挽回，卑躬屈膝地祈求，想拼命地抓住最后的一根稻草。

整整一个月，瘦了，颓废了，心理也扭曲了。只知怨恨，却从不悔过。对于已改变不了的结果，没有尊严的乞讨算什么。

童琳知道后，给我买了一辆脚踏车。让我空虚了就骑出去，多听听外面的声音，多看看外面的世界。既然是心甘情愿的付出，怨天尤人做什么。

年轻，谁都在不停地犯错。只要没偷没抢，没杀人放火，那都不是错。洗心革面后，还可以重新来过。我骑着小车，想想昔日可笑的自己，竟然还对杨杰说："总有一天我会告诉你爱情是什么。"对于不懂爱的人，即便有了爱情，也不会有好的结果。

　　一切消失后，我的梦醒了，世界也变了。我对童琳说："梦不再是梦，我不再是我，有一种海市蜃楼的感觉。"

　　童琳却告诉我："再美的花园里，总会长出几根野草。就算花季不美好，青春才刚刚来到。"

第十六章

小时候不管做错什么，父母都会为我买单。尽管我无法选择他们，但我是他们抉择的结果，这是一种责任。

梦醒时分，我突然顿悟：我已长大，我必须像父母一样，为自己的抉择而承受任何可能发生的结果，无论是快乐还是不快乐的……

其实，我只是个"追梦人"。我的精神世界就像杨修深邃的眼神，时而活在虚幻里，时而活在现实里。

时隔三个月，我总算可以冷静地面对自己做错的抉择。我像男人一样，挺起了胸膛，肩负着担当。给我的心灵贷了笔无偿"贷款"，金额不定，年限不定。无论是一万还是一百万，不管是一年还是一万年，我都必须买单，为自己偿还。

我二十一岁的生日即将到来，童琳给了我一叠不薄不厚的人民币，QQ上告诉我："不知道送你什么，你自己给自己添置吧。"

我沉甸甸地捧在手里，深知我已享受不起。却还是没有说NO，把它单独地存到一张银行卡里，只当她在给我的未来投资。

存好后，我QQ留言告诉她："千万别把我当作是你栽种在盆景里的独苗，其实我只是一根野草。"

两天后她来学校看我，见我下课后一个人形单影只地晃悠着便问："就算你不是独苗，也不至于把自己比作野草吧。"

我看着她认真的样子，微微地笑了笑："我只是想告诉你，我是未经雕琢，并非刻意变成这样的。"她凝重地看着我，没有回答。

元旦后，开始下雪了。南方的冬天也会下雪，我还初次看见。窗外白雪皑皑了几天后，地面就开始结冰，几乎寸步难行。

童琳很早就帮我买好了回家的机票。早晨八点的飞机，却因糟糕的天气，晚点了五个小时。万幸我走得早，否则就要一个人滞留在这里了。

我离校后的第二天，机场就停飞了。第三天，火车也停运了。人们还在傲霜斗雪时，却迎来了大自然的"恩赐"——冰灾。

我的手机连续几天都收到同一个陌生号码发来的同一条信息："你安全回来了吗？"我以为是误发，也没回复。

晚饭后，闲着无聊，便打开电脑教老爸玩电脑游戏。给他下载了聊天室，让他闲暇时唱唱歌，活络活络粗犷的嗓子。弄好后，我避之不及地迅速闪开，再也不想看见那台如影随形的电脑。

裹了一件外套，出门后不久便悄无声息地晃悠到"根据地"。刚进门，老板娘就热情似火地扑过来："小美女，你可来了，我正有悄悄话要告诉你呢。"

我正准备洗耳恭听，她的大嗓门子简直就是河东狮吼，能千里传音："以前总跟你在一起卿卿我我的小帅哥留了个电话给你。"一边粗声大气地说着，一边把写着电话号码的小纸条往我手里塞。

见小店里零星的三五个人，都在目光一致地看着我，我羞于启齿地把被冻得性感的双唇凑到老板娘耳边："你确定你是在跟我说悄悄话吗？"

老板娘难为情地用一杯热橙汁转移了话题并收买了我："你看你，连说话时嘴里都直冒冷气，姐请你喝杯热饮。"

我看着她那膘肥体壮的大身板子，为了杯免费的果汁，违心地笑着："谢谢姐。"

接过饮料，我找了个光线不好的角落坐下，拿起手机，照着小纸条上的电话号码拨了过去："你好，哪位？"

几秒后，还没有声音，于是我看了看手机的通话状态，显示正在连接中，我便提高了音量："不说话，我挂了。"

寂静的听筒里突然传来了深沉的声音："蓝蓝，是你吗？"

我慌张地喝了口桌上热气腾腾的橙汁，嘴唇被烫得发麻，哆哆嗦嗦地问："杨杰，是你？"

他不咸不淡地回答："我看电视，新闻里一直在播放冰灾的事。我发信息给你了，你没回，我有点担心。"

我嘴里咬着自己的大拇指，连忙解释："我不知道是你，所以……"

尴尬的气氛持续好长一段时间，我们通过手机的听筒，真切地听着彼此紧张又略带些急促的呼吸声，谁也不知该说些什么。

突然，他像孩子一样开始哭泣，断断续续地抽泣着："我们真的回去不了……"

我痛心疾首地扪心自问后，理智地告诉他："在彼此收获幸福前，我们可以做一对精神伴侣。"

沉默片刻后，他语重情长地回答："一言为定。"

毕竟我们都曾失去，我们都需要心灵的慰藉。我们都走在成熟的路上，我们必须互相勉励。

这个假期，最美好的事情，莫过于杨杰告诉我，说他考上了河北师范大学。

我发了条信息祝贺他：恭喜你成为哥的学弟。今天起，你就是一束强光，照亮哥没照亮的角落。

他则老成练达地回复我：昨日虽去，今日亦落，仍不忘时时搏。谢谢你提醒我：像爷们儿一样活着。

看着这条语重心长的信息，我终于知道自己曾经喜欢他的是什么。没错，我爱他的品格。我知道，曾经的他又回来了，可惜已不再属于我。

返校后，童琳爱上了娃娃机。每个周末都出入在魔幻世界的各大电玩城里。我们瓜分着从各种千奇百怪的娃娃机上夹出来的几百个娃娃，情有独钟地体会着烧钱的乐趣。

自助餐吃得太多，以至于我得了"不完全性肠梗阻"。肚子胀得比气球还大，面朝上铺的床板，后背艰难地躺在寝室的床上，跟杨杰牢骚着我没有节制的生活。

他从学校寄来了一大包零食给我，并留了个字条在包裹里，上面写着："吃得多，拉得多。不知不觉就好了。"我哭笑不得。

我的肚子刚刚通畅，童琳就拉着我去爬山。这项父亲最爱的运动，如今成全了我。童琳一心想趁着天黑上去，一早就可以看见山顶冉冉升起的太阳。

深夜两点，在山底的宾馆里，童琳就扯大了嗓门叫我起床。租了一件棉大衣，背了个全是零食的行囊，就跟着大队伍一起出发了。

爬了三个小时后，我们都疲惫不堪。有人提议，去抄近道走小路，可以节省不少时间。在横向只能容下一人的悬崖峭壁上，所有人都手拉手地竖排成一条直线。童琳拉着我，费力地抬着沉重的双腿，用手机的光亮照着脚下的路。

本以为左手边是丛林，右手边是山峰，只是台阶陡峭了一点而已。却不料有人开始犯困，不小心一脚踩空。被同伴及时拉了回来，才发现我们左手边的丛林是长在二十几米高的悬崖上。

有人开始害怕，想用手机求救时，才发现竟没一格信号。已经走了一半，实属进退两难。每走一步，我们都进行一轮报数，生怕少了一人。

我的衣服已被吓出一身的虚汗浸湿，紧紧拉着童琳的手。感觉自己随时都可能去马克思那里报到。我开始唾弃自己曾经的低迷，悔恨自己浑浑噩噩浪费的时光。我瞬间体会到，当危机来临时，活着有多么的重要，生活有多么的美好。

在步履维艰两个小时后，我们幸运地抵达了半山腰。一场虚惊，让我们四肢酸软地坐在了地上。虽已早晨七点，童琳还是带着我坐了个摩托车，盘旋到山顶。

山顶密密麻麻的人头耗在那里，却因多云，而未看到太阳的光芒。童琳怕我失望，安慰我："下次挑个好点的天气再来。"

身后一个大叔好心地告诉她："山下和山顶的天空不一样，这个也说不好。"

　　我被冻得瑟瑟发抖，拉着童琳想往山下走："没事，我主要是陪你。我更喜欢看夕阳。"

　　童琳以为我在找借口，不相信地看了我一眼。我没理会，自我陶醉地唱了起来："最美不过夕阳红……"

　　回到寝室后，我津津乐道地给室友讲起了这场惊心动魄的登山历程。我却讲着讲着，念从心生。

　　登山如人生，本应只是体验生命的一个过程，扎实地一步一个脚印。如果贸然地走了捷径，后果也会不堪设想。不仅欣赏不到沿途的风景，也会给脆弱的心灵留下阴影。

　　这次的旅程，让我的心灵受创。童琳却早已抛之脑后，不停地更换着男友，消磨时光。

　　不久，就有同学接连不断地介绍奇葩的男朋友给我，理由简直让我匪夷所思。

　　在学生会认识的一个艺术系女孩，顶着一头像玉米穗一样金黄的头发，嘴里的520时不时烟雾萦绕，一副"过来人"的姿态看着我："我介绍了那么多男人给你，就没一个你能看得上的？"

　　我像雾像雨又像风地在她面前左右摇晃着，难闻的烟味吞噬着我的鼻腔，我费解地看着她妩媚的体态："劳您大驾，您是介绍了很多人给我，貌似没一个看上去像是男人。"

　　她恍然大悟似的把烟头丢在地上，狠狠地用前脚掌踩灭并碾着："原来你还是喜欢男人的……"

　　我如惊弓之鸟般，身上所有的汗毛都一根根地竖起来："要不然，你以为呢？"

　　看我因惊吓过度而脸色煞白的样子，她居心叵测地挑着眉毛："看你见男人就避而远之，我还以为你性取向有问题呢。"

我不禁对天长啸："太没天理了……"

回到寝室后，我开始替自己愤愤不平。把电风扇放在面前，风叶嚣张跋扈地旋转着并卷起我整齐谦抑的刘海儿。

童琳打了十几个电话给我，都被我按掉。几经挣扎，还是不胜其烦地发了条信息给她：拿点药给我吃吧，病了……

结果，二十分钟后，她蹑影追风地出现在我寝室门口，脸色煞白："你吃什么？什么病啊？"

我被风扇吹得神志不清，呆滞地看着她："我吃惊，精神病。"

她暴跳如雷，脸色阴沉着转身就走："我以为你真的生病了，闹了半天，耍我呢。"

我紧跟她身后，不敢越雷池半步，嘴里却夸夸其谈："我一直跟你混在一起，不显山不露水的，别人都以为我择偶观有问题呢。我只是精神有点虚脱……"

她依旧大步流星地在前走着，肥中之肥的屁股上因长期好吃懒做而长满了无规则的赘肉，却臃肿着有规则地左右摇摆着，让我有一种想上前捏一把的冲动，脸上的肌肉想笑又不敢笑地紧绷着。

她的第六感或许在告诉她，我正在身后取笑她章鱼丸子一样的屁股，使得她突然毅然决然地停下了脚步："我给你点事做，丰富下你有多动症的神经。可你必须要乖乖的，听我的。"

听到有好事喜从天降，我连声应答："没问题，没问题……"

她不屑多看我一眼因过度开心而难以抑制住的喜眉笑眼的样子，挥手示意让我回去。走了几步后，乍然回头冲我喊了句："别再盯着我性感的屁股看了。"

一个星期后，童琳拿来了几个商业文案给我。一向擅长文字的我，脑子里的小宇宙被激发，开始笔下生辉。

在辽阔宽绰的自我世界里，当周围所有人还是莘莘学子时，我就已开始怀揣着六十分万岁的信念，去满足自我实现的需要，不经意间成了"社会青年"。

一个月后，我收获了人生的第一桶金。在童琳的关系网里，我也陆续地接到了更多的商业文案。

为了犒劳自己，我用了四千块钱给自己买了一台笔记本电脑。童琳鄙视地看着它，嘲笑我凉白开一样的眼光和自来水一样的品位："这个价钱买这个？你脑子进肉松了吧？能不能有点追求？"

我心疼地把电脑从她手上抢过来，突患洁癖般把它擦了又擦，看了又看："长城，多有底蕴的品牌名字，支持国货就没追求了？"

童琳笑到岔气，收缩的瞳孔里，时而挤出几滴眼泪。左眼似乎在挤兑我的愚昧，右眼似乎在挤兑我的无知，揉了揉眼睛后，破口而出："既然这么爱国，又有'追球'，我怎么从没见你支持过中国足球……"

我捧起心爱的电脑，狠狠地踩了她一脚："别跟我贫……"

眼看着自己银行卡里的数字梦幻般地从五位数跨到六位数，心跳加速到每分钟一百四十下都不足为奇，就连口齿也不太伶俐，磕巴到掰着手指把阿拉伯数字从一数到十都说不清。

在赤裸的真金白银面前，我把自己凌驾于同龄人之上，孤立并清高着鹤立鸡群。即便没有了爱情，金钱也可以促进荷尔蒙的分泌，维系着孤注一掷的精神领域。

期末考试的前一个星期，我发现童琳的行踪有些诡异。也无心去背那些按部就班的必考题，拿着自己爱不释手的笔记本，在QQ上和她打起了游击。

蓝：你最近在搞什么飞机？都不让我到你家里去……

琳：我有点事，别想太多了。你的脑子是用来写东西的，伤不起。

蓝：还是你的私生活又在更新换代，不方便我去？

琳：你想来就来，不要和男人扯在一起，我看是你又空虚了。

蓝：知道了，我越来越不懂你，以前你不会这样和我说话的。

琳：你也变了，只是你自己看不见。很多事情不是谁都需要去懂的。

…………

我不知道，这段时间我到底错过了什么；还是宇宙发生了微妙的变化，让时间不准了。我不明白，分针和时针不分黑白地颠倒了位置，跟一直兢兢业业并安分守己的秒针有何干系。似乎所有的改变，都不及时光微微一转。

第十七章

　　人是最矛盾的动物，而每个人也只是众多矛盾中最常见的一个个体。你可以不相信命运、传说、鬼神、生肖、星座、宗教……但你必须相信自己。

　　不知是否是因为飞机晚点的原因，让我盼望已久的假期刚刚开始就牢骚满腹。刚刚走下飞机，人就莫名其妙地焦躁不安。

　　杨杰骑了台拉风的大红色摩托车来机场接我，戴了个苍蝇屎一样颜色的头盔，穿梭在车水马龙的公路上，我在他身后丧胆亡魂地搂着他的"小蛮腰"，凄厉地尖叫着。他的不安分跟我的娴静格格不入。

　　在家休息了几天，才从魂不守舍的"速度与激情"里走出来。杨杰这小子，还敢胆大妄为地发信息刺激我："我就知道你被吓得灵魂出窍了，因为它昨天晚上来看过我，还神志不清地帮我擦车呢。"

　　晚饭时，我察觉到家里有一种"怪味"。正在琢磨时，嗅觉就被老妈的糖醋排骨给引诱过去。老妈的脸像个没长开的葫芦一样，闷头吃着白米饭。老爸却反常地热情，几乎把一整盘排骨都夹到了我的碗里。

饭后，我刚放下筷子，老爸就健步如飞地坐到电脑面前，那架势一点也不逊我当年。那台电脑是母亲买的，本想着我可以充分利用网校的资源，却被我当作了追寻爱情的媒介工具，辜负她的良苦用心。而今却成了老爸的战利品、母亲的仇敌。

见状，我拉着老妈去逛街，想给她买身漂亮的衣服。那么好的气质总不能淹没在油烟里，就算是洗洗涮涮，也要有漂亮的衣服浸在水里来愉悦心情。

一路上母亲都眉心紧锁，我的直觉似乎也猜到些许什么。我们穿梭在街边的各种小店里，偶尔在呼吸的时候，还可以在空气中闻到母亲的心脏因无法隐忍而"烧焦"的味道。

终于在一家不起眼儿的小店里，看上了一件不起眼儿的连衣裙。趁着母亲和服务员砍价，我就鬼使神差地把钱给付了。

一只脚刚踏出店门口，母亲就开始埋怨我花钱大手大脚，没完没了地啰唆起来："过日子得仔细点，花钱也要算着点……"我没能沉住气，还是顶撞了回去："给你买东西，我没有算计的习惯。"

路过一家饰品店时，一个大红色的头盔一目了然地挂在门口打样的橱窗前面。我眼瞪如球，刚要摘下来欣赏，就被老妈虎目灼灼的眼神吓了回去。

回家后，我一心想着买下这个头盔送给杨杰，正在喜跃扑舞地给杨杰发着信息，母亲就突发奇想地戴了个大檐帽，穿着刚买的连衣裙美滋滋地闪现在我眼前，我目瞪口呆。如脱胎换骨般让我眼前一亮，第一次我学会了欣赏，不是别人而是我的母亲。

　　我把发了一半信息的手机暂且放下，仔细地欣赏起眼前这个风姿绰约的女人。这一刻，母亲穿着我初次为她买的新衣，摇摆着裙角，流露出孩童一样喜出望外的神情，我不止一次地在心里感叹：太漂亮了。不是因为她是母亲而美丽，而是一个女人在赞叹另外一个女人。

　　父亲仍在电脑前热火朝天，就算此刻天上掉下了个"林妹妹"，也无法分身多看一眼。背对着父亲佝偻着的脊背，我故意大声表态："老妈，以后我会给你买更多漂亮的裙子，让所有有眼无珠的男人都折服在你的裙摆下。"我眼里的母亲如少女般倚娇作媚着，而在父亲眼里却已"玉碎香残"。这个晚上，母亲睡在我旁边，表情看上去格外的香甜。

　　第二天一早，我就去小区门口的饰品店里买下了那个大红色的头盔，价格比母亲的裙子高出了一倍。像小时候保守杨修的秘密一样，小心翼翼地把头盔藏到了床底下。

　　几天后，杨杰为了一个被我形容得天花乱坠的头盔，不情愿地重回旧地来找我。我怕被人发现我是个冒牌淑女，便把头盔藏在了衣服里，像个身怀六甲的孕妇，挺着个大肚子，款款玉步地走着。

　　在这弹丸之地，为了掩人耳目，我们相约在崎岖的山顶。我已跟不上这座幽静的城市急于苏醒的节奏，满载一身尘封已久的浮沉，神色匆匆地俯视着山下整齐如一的钢筋水泥。

　　山坡上，杨杰迈着轻快的步伐，浮夸地抖动着脂肪堆积出来的胸肌，向我炫耀着他像吃了过量大力丸后的勇猛威力。

　　我使出吃奶的力气，把头盔扔给他。本以为他会欢欣雀跃并爱护有加，他的表情却让我心灰意败。看都不看一眼就藐视地质问我："这个也是你纸醉金迷的一部分？"

我瞬间怒火中烧，又不得不忍气吞声。费了九牛二虎之力才爬到山顶，我可不想因一句话不投机就成徒劳而选择了可怜巴巴地看着他。

见我一副囧样，他仁慈地放过了我。摸着头盔光滑如镜的表面，手指间发出了摩擦后"吱吱"的声音。我像哥们儿般推了他一把，然后彼此腼腆地坐到了山坡上风景最好的居高点。

杨杰为了保暖而戴上了我馈赠的大红色头盔，嘴里却因寒冷的气流而吐着淀粉般被勾芡了的白色气体。看着山底的建筑如蚂蚁般大小，密密麻麻地涌进眼底，思绪也浑浊地开始密集起来。第一次和杨杰一起肩并肩安静地坐着，瞭望远处此起彼伏的山丘，纵眺昔日神游的故地。一切似乎已沧海桑田，感觉自己恍如隔世。

我正要摘下他的头盔，取笑他装腔作势的娘腔格调，却透过头盔的透明前脸盖看到了他被泪水浸湿后仍晶莹剔透的眼眸。

我不敢轻举妄动，故作娇柔地试探着："在想什么？"

他摘下头盔，双手挤压着自己略微性感的双唇，凝视着我暴露在外的那根大条的神经："看着山下蜿蜒的小路，我想起了哥。小时候，他一直搀扶我，从没让我磕磕碰碰过。"

我掐了下自己的大腿，疼痛感告诉我：不是在梦里，杨修曾经存在过。

杨杰看着我狰狞的表情，无微不至地垂问："蓝蓝，你怎么了？"

　　我倒吸了一口冷气，孤独求败地背对着他："你再一次地提醒了我，哥他真的离开了。"

　　杨杰无奈地摇着头："我明了，知道，知道……"

　　我深沉地点着头："你明了，明白就好……"

　　半分钟后，我们默契地一同自言自语了同一句话："懂得最重要。"

　　片刻沉寂后，杨杰无意间的莫名其妙再一次冲击了我热胀冷缩的心脏。他宁静地看着远方，指着东南方向云雾缭绕的一点点光，孤芳自赏地告诉我："首尔就在那个方向，只有三百公里的距离。"

　　我哀思如潮地托着下巴，不予回答。他还是穷追不舍地逼问着："尹颜为什么执意要去那里？"

　　我心痛难忍地揪着自己的长发，恨不得拿着身旁的头盔敲死他，呆滞地看着他："或许，那里有她日不落的太阳吧……"

　　他满脸质疑地看着我："她喜欢太阳？"

　　我终于忍不住，狠狠地打了下他一直在做平板支撑的后脑勺："你傻吧！我是想说，那里有她像太阳一样冉冉升起的梦想。"

　　他咬牙切齿地摸着他越发扁平的脑袋，嘟囔着："我的IQ之所以越来越低，都是因为你把Q给打走了，只剩下I，所以我的脑子里才会只有我自己。"

　　我笑逐颜开地看着他愣头愣脑的样子，很希望时间可以戛然而止在这一秒，像老朋友一样，开着彼此的玩笑。

　　我情意深长地嘲弄起他："距离产生美，是有一定道理的。放心吧，明天起来多照照镜子，冷不丁你臭美的时候，Q它就回来了。"

他猛地站起来，意味深长地把目光投向我："那我得赶紧回家准备准备，万一明天一早它再带点朋友回来，我该措手不及了。"

我目瞪口呆得看着他已转身正要下山的背影，吞吞吐吐着："它能有什么朋友，玩笑开大了噢。"

他不顾我诧异的神情，兴高采烈地走在下山的路上。手里拿着我送的大红色头盔，娘腔地甩来甩去。走了一段路后，突然没有预兆地冲我回眸一笑："它怎么会没朋友，u，e，n 不都是它的朋友啊，说不定明天 Q 把它们也带回来，变个 Queen 给我。"

我无奈地在他身后，紧跟着他健步如飞的步伐，一个随口的玩笑惹了一身骚。

山脚下，我把杨杰送上车后，并没有回家。杨杰的话警醒了我，我像被戴上了紧箍咒般，脑袋里全是魔咒。

一个星期后，我正在小区的长廊里裹着棉花糖一样的棉袄散步，收到了一个陌生号码发来的信息：不会有人在乎你学到什么程度，他们更看重谁赚的钱多，所以我退学了。

我情绪焦急地查了下号码的归属地，一看是广州，心想肯定是发错了，便冷冷一笑暗讽着：又多了一个失足青年。

因为尹颜的关系，在这座城市里，我显得特别孤单。一只脚不慎踩到坑洼的泥土里，让干净的乳白色鞋子毁于一旦，心急败坏地自己跟自己较起劲来，提早半个月就回到了学校。

在空无一人的寝室里，为了防寒而狼狈地啃着额外加了辣的湘味鸭架子。浓郁的辣椒味道从口腔蹿到鼻腔，辣得够呛，麻得过瘾。

无意间用抓过鸭架子的手揉了揉眼，眼睑瞬间被爆辣的气味渲染，泪水如流水般涕泗交流。眼泪儿落在舌尖上，我竟然品出了尹颜的味道。

开学后，童琳换了住处。我从没见她去过学校，却旁敲侧击地了解到她时常和一些女孩儿在一起暧昧地嬉戏打闹。并且，刻意保持着我们之间不远不近的距离和若隐若现的关系。

在我们的情感轨道上，不知不觉已有了分支。我最多就算是个动车，而她却是动车升级后的高铁。虽速度相当、目的地相同，却走着不同的轨道。

一个月后，晚自习结束，我正坐在寝室大楼对面的树丛里，吹着凉风正爽着。老妈打来电话，正式宣告：我的家庭破裂，她情感已逝，他们的婚姻荡然无存。我沉寂地听着老妈镇定的声音渐入梦乡，肃静的夜晚像被注射了安定。

第二天一早，我的软磨硬泡外加鬼哭狼嚎，使得班主任大发慈悲，给了我一个月的假，让我回家陪老妈。

随即买了一张火车票，站了二十五个小时才到家。老妈在阿姨的陪伴下，坐在客厅的沙发上，憔悴的神情让我心痛欲绝。

我牵强地笑着："没事，我回来了。"却不解为何婚姻会比那张盖了红章的白纸还脆弱，多年的情感为何能被小偷轻而易举地掠夺，家的色彩为何只有在少了一个人的时候才会被赋予五颜六色中最黯淡的灰色……

这一刻，对已成年的我来说是无所谓的，却让我连续高烧了半个月之多。而对于知命之年的母亲而言仿佛心如刀割，她却显得那么的镇定自若，似乎春天已悄悄来过。

　　高烧退却后，父亲买了我最爱吃的开心果，前来看我。因为他倔强的脾气和少言寡语的性格，让我们之间一直隔着一条无法逾越的鸿沟。

　　在以往同进同出的家门口，他松开了与我紧握的双手，转身走去截然相反的方向。我始终没有追过去，生怕自己会掉进这条深不可测的鸿沟。

　　在此之前，父亲曾泪流满面地问我，是否会恨他，我摇着头，算是在敷衍地回答。心里却一直在重复着：我尊重你的选择，我会照顾好妈妈。

　　站在楼梯过道的窗前，偷偷地看着父亲已渐远去的阑珊并孤寂的背影，我知道我是爱他的。尽管这种爱是心怀芥蒂的，但我还是学会了用笑容去掩饰凄凉。

　　的确，父爱如山。这一刻，我彻底地成了孙猴子。被杨杰戴上了紧箍咒，压在了父亲的山脚下。

　　我期待有一天，时间可以让老爸明白：不管征服多少座名山大川，哪怕是愚公移山，也无法改变我被迫正在漂游的心灵。

　　几天后，我通过以往和尹颜书信的地址，在沈阳四衢八街中的一条凌乱的街道边，找到了尹颜的家。

　　我茅塞顿开地站在门口许久，任冷风肆意地穿梭在我千疮百孔的心灵。一阵风呼啸而过，我打了一个趔趄，一头狠狠地撞在了门上。

　　一个娇嫩的女孩儿声音从屋内传来："你是谁啊？"我对着门中央一会白一会黑的猫眼挥手示意了下："我是蓝雪，是尹颜家吗？"

一个看上去有十五六岁的女孩儿，把头探出只有半个身子大小的门缝，惊慌地看着我。那眼神明眸善睐，和尹颜起初看我时一模一样……

我的心跳加快，惴惴不安地问："你是颜颜的妹妹？"她点了点头，然后像猜到了什么似的，慌张地把门紧紧地关上了。

我不敢再打扰，便把自己的电话号码写在了随身携带的便签上，粘在了门口的墙上，让她转交给颜颜。便签的后面，我再三思考后，还是不好意思地写下了能证明我后悔了的铁证：我错了，请原谅我。紧接着，像过街老鼠一样溜回了家。

父亲走后，母亲坐上了父亲一直流连忘返的那把宝座，在电脑前玩着QQ游戏——红十。我则在客厅的沙发上哭笑不得地看着电视里播放着我已看过几十遍了的《鹿鼎记》。

笑自己曾厚颜无耻地迷恋网络，哭自己曾恬不知耻地教老爸上网聊天……今天的结局，貌似和我有着剪不断理还乱的关系。

突然，电视里少林方丈哈哈大笑却又很有玄机的一段话点醒了我。他说的时候是如此的坦荡："人生本就一文不值，狗屁不如。"

而我之所以总把自己放在高高在上的位置，或许就是因为我刚刚起步的人生被捧得价值连城，搞得我自己犹如狗屁，还总以为自己是香喷喷的。

一个月的时间转瞬而逝，母亲在家门口为我送行。我心如刀割地忍着即将汹涌而来的热泪，短暂地告别了母亲，同时也永远地告别了曾经犹如狗屁的自己。

本是中午十二点的飞机，却因各种原因晚点了八个小时。飞机降落后，已是半夜十二点，机场巴士已无影无踪，只有零星的几个黑车司机在到达大厅附近吆喝着。

半夜三更，我同一对年轻的情侣一同束手无策地坐在了机场门前的台阶上。眼见同行的人们被接连而来的一辆辆私家车接走，心里很不是滋味。

两个黑车司机在我们面前得意忘形地开着"天价"并耀武扬威地走来走去，看我们都没有要坐的意思，便嘲讽地笑着离去。

他们消失在夜色里不久，身旁的情侣忍不住开口问我："你怎么不回去？"我哭丧着脸，不好意思地回答："太晚了，我一个人坐车害怕。"紧接着，纳闷地问了他们："那你们怎么也不回去呢？"女孩子尴尬地僵笑着："我们没钱。"女孩子的一句实话让身边的男孩子颜面扫地，拉着她坐到了我斜对面的花坛底下。

夜阑人静，孤独和害怕让我黯然销魂。拿起仅剩下不到一格电的手机，拨通了童琳的电话。

蓝：飞机晚点了，现在被困在机场。你来接我好吗？

琳：我现在有事，你自己打个车回来。

蓝：都已经半夜一点多了，你能有什么重要的事？

琳：我确实有事。你打车回来，车费我给你报销。

蓝：不是钱的事儿，问题是我害怕。这么晚了，有什么事能比我一个人流落在外还重要。

琳：好了，就这样吧。

我用手机唯一残留下的一点电量赌了一把，像抓到了一根救命稻草一样，紧紧地抓住了童琳。结果，她松开了稻草，放开了我。

伴随着电话里传来的一阵阵嘈杂的女孩声音，我知道她在做什么，却还是希望她会来，我想在第一时间亲口告诉她：对不起，我才知道什么是亲情，什么叫作珍惜。

就在电话被挂断的那一刻，我明白我失去了什么。不是所有人都有足够的耐心去等你慢慢地长大；不是所有情感都能永恒地让你体会何为懂得；不是所有事都可以在时过境迁后，说一句令人唾弃的"对不起"就可以被谅解。

在漆黑的夜里，我哭了，却没有人能看见泪珠儿的透明色，只有舌尖知道它是苦的。我没有怪童琳，毕竟她给予我的已够多，我却无情地连一点亲情都不曾给她施舍。

银行卡里的数字再多，也改变不了眼前所发生的一切。钱不是万能的，但童琳的钱却曾让我生活得赤裸裸。

第十八章

　　回校后，室友说我成熟了。我却不甘地笑言："熟过头了，要成精了。"在童琳没有预兆的阴影下，我时刻提醒自己：不管天高地厚，都不能忘了最初的自己。

　　半个月后，童琳主动联系我。电话里，说她遇到点麻烦事，需要钱周转，让我尽所能地借给她，一个星期内还给我。身上留了一千块的生活费后，我想都没想就把唯一的一张银行卡拿给了她。

　　我远远地看见她站在校门口的石拱门下，依旧低着头驼着背，沉浸在"超声波手机"的乐趣里。从她似曾相识的神情里，多了些许素昧平生的气息。

　　我们面面相觑却无言以对。我牵强地伸出那只每次压马路都被她拉得紧紧的手，说："卡给你，密码是我的生日。"

　　她敏捷地把银行卡从我的食指与拇指间抽出。以前时常被朋友取笑我们是Gay都不会在乎的她，如今就连从我手中接过她最爱的装满了人民币的银行卡都会担惊受怕到怕碰到我一下。

　　手里拿着她刚刚买的大紫色最新款三星手机，炫富般的光明正大，走得却鬼鬼祟祟的，只留下了三个字："回去吧。"

此后的一个星期，她不见了。过度的担心让我神经质似的每天都给她发着同一条信息：你去哪了？还好吧……

十天过去，她用一个陌生号码阴阳怪气地回电我："我知道我欠你钱，也不用催得这么急吧！"

我百口莫辩地解释着："你说过我们是亲人，我只是想见你……"

电话那头时不时地传出女孩儿嗲嗲的声音。她心不甘情不愿地敷衍着我："我在开车，明天傍晚八点你在校门口等我。"我还没来得及问她车是哪里来的，电话就又被挂断了。

第二天傍晚，我从七点钟开始就守株待兔般站立在校门口。直到时针被迫旋转了七百二十度也不见她的踪影。

学校内进进出出的人已寥寥无几，偶尔才会看见几对逍遥快活回来的情侣，用异样的眼光看下我被冻得窘迫的表情。

九点十五分，我焦急难耐地拨通了童琳的电话："你在哪了？还有多久到？"

她优哉的语气和平平的语调让我突感烦躁："急什么，在路上了……"

十点二十分，我忍无可忍地再次拨打她的电话，却无人接听。万般无奈，我发了条信息她：注意安全，我会一直在校门口等你过来。

半个小时后，我一路狂奔，抢在十一点寝室熄灯查寝前赶回了宿舍。脱掉外套，就断决如流地钻进了潮湿阴凉的被子里。

看着床铺四周为了防蟑螂，冬天还在悬挂着的蚊帐，因我今晚的饥冻交加而跟我在一同有节奏地瑟瑟发抖，我才恍悟：原来我是在喘气儿的。

这个夜晚，我再度失眠。内心的挣扎跟窗外的天气一样，风雨凄凄，仿佛暗无天日。

天快要蒙蒙亮时，我极具个性的手机铃声把整个寝室的室友全部吵醒，以至于所有人都在床上叽歪地辗转反侧。

我穿着不知何时被我脱掉毛衣而裸身在外的跨栏背心，以及樱桃小丸子的三角裤头，捡起从蚊帐的缝隙掉进床底洗脚盆里的手机跑到了厕所里，两条洁白的、骨瘦如柴的大腿以外八字的姿态用力地夹紧在一起。

南方的冬天，室内简直是寒风侵肌。我看着镜子里被冻得面无人色的自己，接起电话："谁啊？这么早就扰民。"

电话里满是疲惫的声音："蓝蓝，是我……"

我慌神了半天，还以为自己没睡醒，正在梦里。不敢相信地问："是你？"

他轻媚地笑着："你的人生还有多少我不知道的'谜'？"

他的话让我恼羞成怒，简直令人发指。我恼火地冲他嚷嚷着："你早就发霉变质了，最多是个糜烂的'糜'，还来骚扰我做什么？"

他一贯如旧的声音，萦绕着我已被刺激到短路了的神经，却还在厚颜无耻地辩解："我特别怀念我们曾一起手拉手穿越大街小巷时的感觉，我现在才明白，那才是我想要的，我爱你……"

或许，这是他此刻内心最真实的想法，可我高傲的内心却早已因为他而不再纯洁。决绝是我而今唯一能为自己昔日的"纯爱"能做的。

我尽可能地压低分贝告诉他："时间早就错位了，我不再是我，你不再是你。"

大概，他不曾想象过曾经对他百依百顺的我，而今会如此硬气地跟他说话。我挂断电话后，他没有再打来。

我不敢相信自己会不分青红皂白地爱过，也不敢回首在他无数次的欺骗里，曾让我生不如死地自甘堕落。我曾天真地以为那是爱情，可惜它从未来过。

我一直坚守并等待的那句"我爱你"，未免来得太晚了些。即便所有的唾恨都被谅解，也改变不了他如胎记般"疙疙瘩瘩"地印在我皮肤上的感觉。

那段青春期彷徨的过往，成了我人生的污点，印在了我人生蓝图上最醒目的地方。不知是"冲动的惩罚"，还是"爱的代价"。

元旦的三天假期，我孤苦伶仃地一个人在寝室里，与蟑螂为伴。拜童琳所赐，一千块钱的生活费在维持两个月后，除去三百块的车票钱，只剩下二十块钱还不到，艰难地维持着。

在芳香四溢的食堂里，花了五块钱，买了十个包子。算是这三天假期的口粮，囤货在寝室里蟑螂碰不到的地方。

假期的最后一天下午，我正在消灭储存完好的最后一个口粮时，童琳用新的电话卡发了条信息给我：我在你学校后面的小吃街，快点过来。

我立刻把没吃完的半个菜包子塞进嘴里，紧接着从令如流地赶了过去。

童琳在一家我常光顾的山西瓦罐汤店的二楼开放式包间里，正心气正高地喝着茶树菇排骨汤。看见我一路奔波而被风吹到"根根立"的刘海儿，她眉语目笑地问："要不要喝个你最爱的鸡蛋肉饼汤？"

老板娘看到许久未见的我，连忙放下手里的杂活，过来招呼着："再来个拌粉吧？"

粗茶淡饭了两个月后，惹得我口水直流。不得已又咽了回去，违心地自圆其说："我刚吃得太多，还没消化呢。"而肚子里的"大肠包小肠"，却还在为我刚刚狼狈下肚的包子，针锋相对着，咕咕直叫。

坐在我对面的童琳正闷头品味着瓦罐里的浓汤，舌舔唇边后回味无穷地发出"嘶嘶"的声音。我摸了摸快要比脸还干净的裤兜，想想还是算了。

我静观其变地坐着，钱的事儿也压在心里没说。她像是在酝酿着什么，纠结的表情，无须开口就让我望而生怯。

但她还是开口了，言语却不同以往干净利索："我出门忘记带钱了，你身上还有多少？一起借我吧，过两天我连之前的一起还你。"

我把裤兜里仅剩的三十五块零钱紧紧地握在手里，却不知哪根筋不对，把回家的三百块车票钱拿给了她。

我们生疏了很多，她像是一个商家在和我一个地摊小贩说话。起初还会擦出"火花"，到最后，就只有"火"了。

她说她有事先回了。离开前，用我给的钱买了单，还不忘帮我点了份鸡蛋肉饼汤，让我暖暖身子。

　　老板娘或许已看出我"落魄"了，就连端汤给我都不如往常笑容可掬的热情了。看着热气腾腾的瓦罐汤，我的心凉了半截。却还是食欲很好的，统统都喝掉了。

　　我正要起身离开，却从包间开放的窗户边上看见了童琳。她正从一间精品运动店里出来，脚上换了一双新款又扎眼的球鞋。

　　几个月前，那家店我去过。我也看中了那双鞋，老板再三强调：不议价，五百八。因为太贵，我没舍得买。

　　看着那双金色的球鞋同她一起消失在人来人往的街道上，我突然明白了。我大概是脑子进水了，竟然相信了这个"上流社会"的大小姐。

　　看着被喝得一干二净的瓦罐，我蒙了，眼冒金星。昔日彼此铸就的笑容，都在被欺骗的这一刻，成了"遗失的美好"。

　　在回宿舍的路上，我感觉浑身无力，整个人软绵绵地飘在风里，没有了方向。一切都被掏空后，我走不动了。我从之前的动车被贬为绿皮车，走走停停又破旧廉价。

　　勉强走到寝室门口，却发现自己因走得匆忙，忘带了钥匙。我把整张滚烫的脸，密不透气地贴在了寝室的门上，一个字：爽。闭上眼睛，我似乎看见了宿舍里的蟑螂，因发现我不见了而在四处乱窜着。

　　这三十五块钱，我举步维艰地生活了半个月。一瓶老干妈和一盒米饭，让我明白了俭存奢失的道理。我无法控制地开始恨她，却没有脸面和任何人说，总觉得这是我应得的。

　　一位爱慕我的学长，好心地帮我买了一张回家的车票，我才得以解脱。

　　回家后，我大睡了一觉，希望能早点忘掉这一切。醒来后，我的房间还是原来的颜色。母亲在一旁温暖地看着我，虽和我一样瘦弱，但仍像一棵大树一样，用身体保护着我，有她在的地方是温暖的。

　　父亲虽然走了，而且家里什么也没留下。但他的性情却变得柔和了，也比以前更加关心我。我从未想过，我的成长是以家庭的破裂为代价的。

　　这个假期，让我有舍有得。以前，我只能收获默默无闻的一份爱。现在，我却可以锋芒毕露地收获两份。或许，这就是一加一并不一定等于二的道理所在。

第十九章

不知何时起，我已不太愿意回到这片滋养我的黑色土地。因为一直没有尹颜的消息，每每想到漫漫长路的孤寂，都会愁苦悲戚。

再开学，就是我的实习期了。离家前，我曾多次前往尹颜家门口徘徊并踌躇着。可惜，大门一直紧锁着。我又一次贴了张便签在门口的墙壁上，正面写着我的电话号码，背面推心置腹地写了六个字："我们都在长大。"

返校后的第二天，我正在团部办理实习期间的证明手续，一个陌生号码连呼了我十几遍。团委书记瞠眉怒眼地在我的申请报告上盖上了红章，紧接着声色俱厉地让我赶紧离开他的办公室去接电话。

拿着已审批通过的报告单，本是件扬扬得意的事。但一想到团委书记那张声色俱厉的脸孔，就觉得晦气。还没迈出他的办公室门槛，我就报复性地肆意妄为起来，接起电话："喂，校长啊，您别着急，也想快点过去和您共进午餐。可是您也知道，我们商学部的办事效率。我马上到。"

透过门口的门镜，看见团委书记的脸色墨绿，头顶一团乌云。可怜了下一个打申请的孩子，霉运来了，挡也挡不住。

我正在得意忘形的时候，电话里的声音快要冲破我的耳膜，大喊大叫着："还演呢？该谢幕了吧……我是杨杰啊，你不知道打长途电话很贵吗？"

我长吁短叹了下，惊讶地质问他："你怎么偷偷摸摸地又换电话号码了？"

他愤愤不平地抱怨着："这只不过是我换的第二个号码而已。换第一个的时候是在广州，我都有在第一时间发信息给你，你一个字都没回。"

瞬间，我茅塞顿开，提心吊胆地盘问起来："这么说，你退学了？我之前收到信息后，刻意看了下归属地，还以为是发错了。你现在在哪里？"

电话里，偶尔能听见惠风"一啸而过"的声音，他斗志昂扬地呼唤着："我正在中国的浪漫之城——珠海。蓝蓝，快来吧。这儿山水相间，陆岛相望，绝对是人间天堂。"

被他的气氛感染，我似乎也身临其境似的呼喊着："为什么突然想去那里了？"

他胸有成竹地挂断电话前像女孩似的撒娇起来："你来了我就告诉你。"

在被童琳遗弃后，我分分秒秒都想尽快逃离这个地方。杨杰的电话触动了我，让我看到了光明和希望。

带着这张母校为我办的、得之不易的实习证明，我坐上了通往珠海的火车。即将踏进社会的这一刻，没有了杨修，没有了尹颜，也没有了童琳，我是落寞的。我无条件地相信了杨杰，毋庸置疑地以为这趟列车的终点定是"人间天堂"。

我从未想过，多年后，我和杨杰会同在珠海。海风吹黑了他比我还娇嫩的肌肤，海水洗刷了他柔弱的性格，沙滩和阳光比对出他貌似已沦落了的沧桑。

接站口，他就是一个阳光天使，对我温暖地笑着，和杨修哥当年一模一样。以至于相遇后，让我有了一种眼神交汇的痛彻。沧海桑田却"面朝大海，春暖花开"。

杨杰说他平时都是吃大排档的，为了迎接我，绝对不能将就，他必须请我去像模像样的馆子里去撮一顿。

他花掉了半个月的工资，点了一大桌我闻所未闻、见所未见的珠海特色美食：珠海膏蟹、横琴蚝、黄金凤鳝、斗门重壳蟹、乾务软骨鲮和让我不仅看上去毛骨悚然、更让我反胃的白焦禾虫。

看着满桌的珍馐美味，我们根本顾不上交流，就饥不择食地把每个盘子都扫了个精光。酒足饭饱后，服务员还赠送了当地特产——黄杨荔枝。

当晚，杨杰又尽地主之谊，帮我在市区的酒店开了个标间。前台付款时，我看到他囊中羞涩的钱包后，偷偷摸摸地尾随他一路，才知道他住在郊区贫民窟一样的群租房里。

第二天一早，他打扮得英姿飒爽的来找我。如果不是昨晚我亲眼所见，以他全身上下身着的仿冒名牌，我肯定会以为他在此地发家暴富了呢。而三角区域还未来得及刮掉的胡楂，却像防伪标志一样，一不留神就会戳穿他华丽的外衣。

他带着人生地不熟的我去香炉湾畔的特色小店里吃广东特色

的早茶。他夹了一个晶莹剔透的虾饺到我的碟子里，问："你相信吗，可以吃出大海的味道。"

我细嚼慢咽地品味着，却心不在焉地吃出了贫民窟里发酵的馊味，忍不住问他："这里有什么好？"

他居然像个熟门熟路的导游一样，给我介绍起这座人居环境一流的旅游胜地。印象深刻的是他说："珠海东与香港隔海相望，南与澳门相连，绝对是块宝地。"

我看着他说得天花乱坠的样子，总是念念不忘我昨晚过目不忘的他的处境，刨根问底地追问他："就因为风景这边独好，就成宝地了？"

他眼神空洞地指着那块竖立在海岛中央的雕塑，问我："知道这是什么吗？"

我摇了摇头。他耐心地告诉我说："它叫珠海渔女，是珠海市的象征，也是我心中的瑰宝。我初到这座城市出差时，看到它喜悦而又娇羞的神情时，我当即决定，我必须留在这里。因为它跟学生时代的你淋漓尽致地相似。"

我眼前的杨杰再也没有了年少无知时的冲动，却一头热血地沉浸在童真时期怒不可泄的幻影里。对我而言，那些趣事早已演变成泡影，而他却仍在视死如归地追寻。海风吹乱我发髻的同时，杨杰的眼角却镶嵌了一粒珍珠大小的泪滴。

我多想把它珍重地放在蚌壳里，将它随蚌壳一起埋在退潮后的沙滩上，或是让它漂在浩瀚无垠的大海里。在我看不见的地方，在一片不被束缚的领域……

从上午九点一直到下午四点，直到早茶已被海风吹到升华，直到嘴里的唾液也被蒸发，我们依旧面对面地坐着，有着说不完的话。他突然成了"新华字典"，而我却成了"十万个为什么"。

在这座城市，我们势单力薄地抱团在一起并惺惺相惜。杨杰从不信佛，又总是会去寺庙上香，希望自己的事业可以像杨修哥一样百尺竿头——更上一步。

有时，我虽希望他能如愿，却不相信佛祖会保佑临时抱佛脚的他。有时，我又会因此而担惊受怕，忐忑有一天他如杨修哥一样因为窗外万变的浮华而失去内心淳朴的无限芳华。

杨杰不准我和别人合租在外，也不准我听命于别人手下。他霸气外露却穷困潦倒着，而我则不得已而为之地住在酒店升级的套房里，游手好闲地逍遥着……

一天，杨杰拿了几件穿旧的衬衫到我的酒店房间，说是有新的面试，让我用酒店免费的蒸熨机帮他烫平整了。

好好的一件横纹衬衫，乍眼一看却是波浪纹的。趁我在客厅整理他破烂的衣服之际，他溜进我的房间，用酒店每天免费赠送的两小时无限通话座机，声若蚊蝇地说着悄悄话。

我感觉事有蹊跷，也没有顾及后果，就屏住呼吸拿起了客厅的串联电话监听着。电话里，传来了一个温柔的女人声音，她心细如发地嘱咐着杨杰："一定要牢记你哥的话，每一分钱都要用在蓝雪身上。"

我的大脑瞬间失去了主观能动性，开始张口结舌，直到杨杰流利自如地回答："知道了，妈。"我才知道，原来她已开口说话。这竟是我听到的第一句话……

我如惊弓之鸟般落荒而逃，只拿了一个随身携带的一文不值的皮包。从此，杨修这个名字便如一颗不定时炸弹一样，根深蒂固地存放在我的心里。

杨杰不知道发生了什么，我走后他一直在找我。我没有换电话号码，他发的每一条信息我都会看，但从不回复。他打的每一个电话我都会接，但从不说话。我并没有离开这座城市，只是暂时不想看见他。

他在暗处，每天都在为了生活而劳碌地奔波着。我在明处，住在了廉价的私人旅馆里，观察着他的一举一动。

不久后，我很幸运地在一家小型广告公司找到了一份校对文字的工作，每天只要工作六个小时，其中还包括一个小时的午休。工资待遇和工作的强度密不可分。偶尔搞个露天活动，还会叫我临时客串下司仪，顺便再发点传单。炎炎烈日下，被剥削了一天的劳动力后，为了犒劳我的卖力表现，还会打赏一盒一素一汤的盒饭。

也只是偶尔一次焦头烂额的忙碌，就已让我生龙活虎的脸颊如脱胎换骨般，只剩下疲惫的倦容。旅馆的老板娘还以为我患上了什么疑难杂症，怕被连带传染了，含蓄地示意我尽早离开。

杨杰的近况却日渐好转，他离开了夜以继日的贫民窟，找到了份体面的工作，住到了公司分配的公寓里。从前一直斥责我和杨修崇洋媚外的他，现今也不得不配合中国的"白领文化"，把他妄自尊大的内心隐藏在外表光华的西装笔挺的表皮下。

一个月后，我的实习期满，因为难搞的毕业论文，我离开了这座对我而言"相逢何必曾相识"的城市。

临走前，我用身上仅剩的四百块钱，买了一件七匹狼的白色衬衫，作为跟杨杰告别的礼物。选择白色是希望他的内心可以如衬衫的颜色一样纯净，爱惜他迄今为止仍一尘不染的心灵。品牌之所以是七匹狼，是因为狼是动物中比较成功的一种，千万年来，不曾被驯服，也不被灭绝。在这个优胜劣汰残酷的社会里，我期望他可以拥有狼的精神，体会"狼的哲学"。

我买了下午四点的火车票，上午九点我给他发了条信息，约他在火车站旁边的他最爱吃的牛肉面馆里碰面。

为了让老板能让我多坐会儿，我分时间段点了四碗牛肉面。直到下午三点，杨杰始终没有出现。发车前，我把那件衬衫寄存在火车站的行李存放处，留了杨杰的电话号码，并发信息告诉了他。

四点钟，列车开始缓慢地前行。我心情低落地坐在窗边，随着窗外的建筑物闪现的速度越来越快，珠海就这样明目张胆地跟我擦肩而过了。

我背弃了自己来到这座城市的初衷。铁轨"咣当咣当"的响声，像是再给我警钟长鸣。我再一次给杨杰发了条信息：只要内心是快乐的，在哪里都是"人间天堂"。

傍晚，我在火车上吃了盒亚健康的泡面就睡了。这一夜，我睡得特别踏实，比睡在珠海的高级套房里还要香甜。醒来后，已接近目的地，手机的电量也全部耗尽。

再回到学校宿舍的寝室里，已是一片狼藉。钢架上支撑着的木板床也接近变形。顾不得太多，赶紧打开了电源开关，先给手机充电。

开机后，足足有十几个未接电话，都是老妈打来的。还有两条未读信息，其中一条竟然是杨杰发来的：我正穿着你送的衬衫，看着列车行驶的方向，原谅我不敢直视你走去跟我相反的方向。

一周后，我正在图书馆收集论文的相关资料，快递公司电话我，让我去校门口拿包裹。

校门口的拱桥下，几个快递员正在吃力地从车上搬下一个长宽高有一米多的纸壳箱。我惊悚地问："大哥，你没送错吧？"

开车的师傅摇下车窗，诧异地看着我："你是叫蓝雪吧？"

我使劲地点了点头。见状，快递师傅迅速爬上车，司机火速地把车开走，离开了这块不毛之地。

我正为眼前这个从天而降的纸箱发愁，两个学生会搞活动时认识的学弟正巧路过，帮我抬到了宿舍后头杂草丛生的草地上。

打开后，伴随着两个学弟的连声尖叫，我的脸颊火辣辣的，似乎里面所有的细胞都在燃烧。一整箱的鲜花整齐地排放着，散发出迷人的香气。

留言卡片上，清晰地印着杨杰秀气的字迹，既简单明了，又寓意悠长：蓝色勿忘我。

这一瞬间，我的心都融化了……

第二十章

记得初中时，老师布置过一篇题目为《我的人生》的作文。我不会写，于是问杨修哥："什么是人生？"杨修低沉地告诉我："活着的人永远也不会知道。"

于是，这篇作文我得了零分。那年我十五岁，却用我不完整的视角庸俗地写出了人类的秉性：没有人能说清楚人生到底是什么，只有从头到尾活过了才知道。所以我的人生是未知的，目前我只知道吃饭、学习和睡觉。

而今，九年的光阴已逝，我却对此改观了不少。这个年纪，我执着地认为人生应该由三部分组成，分别是奔跑、流浪和睡觉。

因为没有目标而盲目地奔跑，因为有了目标而放手流浪，因为年迈已老又不得不睡觉。

我很累，而之所以如此，或许就是因为我一直在奔跑……

我气喘吁吁地爬了五层楼，母亲已提早打开了房门，淡定地听着我熟悉的脚步声……

我望而生畏地看着因长期担心我独居在外念书而日渐消瘦的

母亲："老妈，你怎么又瘦了？"

母亲为了打消我的顾虑，牵强地辩解着："瘦点好，三高都吓跑，健康得不得了。"紧接着，细心地帮我擦拭额头上的汗滴，问："这么凉的天儿，怎么还弄得满头大汗？"

我笑嘻嘻地跟久违了的母亲撒着娇："我急着见你，一直在跑，所以有点儿累着了。"

母亲拿来我最爱吃的开心果，乐悠悠地帮我剥着壳，接连不断地放进我的嘴里。似乎吃了开心果，就等同于拥有了快乐。

我正享受着母亲浓郁的情意，手机的短信铃声却猛然响起，冲淡了我们蓄势待发的亲情。

母亲不情愿地把手机递给我，念叨着："难得回来，也不得消停。"

短信是杨杰发来的，说他正在杨修哥的老房子里，让我帮忙收拾，买主在等着，准备卖出去。

看过信息后，我忽然有点伤感，貌似感从心生。傻愣了一会儿后，百感交集地赶了过去。

刚刚走到小区门口，便突然下了场倾盆大雨，把我隔在了老房子对面楼栋的屋檐下。我正准备给杨杰发信息，就听到他的声音从对面不远处的方向隔空而来。

我仰头看见他坐在对面楼的二层窗台，跃跃欲试地探出半个身子，看我的眼神扑朔迷离，像个醉汉般摇摇晃晃地险些跌落下去。

我六神无主地冒雨跑了过去，却有种心神不定的感觉。二楼的房门敞开着，屋内因门窗长期封闭，积压的湿气使墙壁上长满了霉质，有种垃圾发酵的气味儿。

整个房间虽家电俱全，却流露出一种荒草萋萋、古木幽幽的感觉。我手忙脚乱地打开灯，看见杨杰像个青面獠牙的鬼魂般，面目狰狞地坐在窗台的边缘上。

我瞬间意识到，他卖掉的大概不是房子，或许是他无法救赎的心灵。他要收拾的大概也不是房间，而是已毛骨悚然的我自己。这个初冬很冷，而眼前的杨杰却让我感觉更冷。我知道，我的死期到了……

我战战兢兢地用冰冷的手拉他下来，原以为他会拼死反抗，结果却极度配合，让我一直悬着的心踏实了很多。

我迫切地想知道是哪里得罪了他，于是放开胆量，试图让气氛缓和些。却一不小心没管住自己的嘴，脱口而出："你不会是为了珠海的事儿一直耿耿于怀吧？"

他蹲在发霉了的墙角，不知是否是在有意配合墙角上霉菌的颜色，连脸色都是绿的。我坐在地上，捂住了自己多事儿的嘴巴，不敢再说话，也不想惹怒跟绿毛龟一样颜色的他。

僵持了许久后，我率先像个三八似的爆发："世界是五彩缤纷的，生活也是五颜六色的，有那么多颜色可以选择，我干吗非要看你的脸色？"

他窘态百出地站起来，从衣衫不整的内兜里拿出一个小本子，重重地摔在我的身上，对我大吼着："那你想看什么？还是先看看这个吧！"

看着他凶神恶煞的眼神，已让我顿忘了疼痛的感觉，拿起袖珍的记事本，莫名其妙地一页页地翻看着。

　　这是一个普通记事本，不普通的是每一页纸张都是蓝色的。首页，用粗笔楷体端正地写着《蓝色日志》，并署名：杨修。顿时，我胆怯了，灵活的右手迟迟不敢翻至下一页……

　　好奇心却一直在作祟，也不想让杨杰看见我的懦弱，沉着片刻后，还是抖动着翻看了下去。

　　杨杰早就预料到结果，不知何时，悄悄地放了包面巾纸在我的旁边。我似乎患上了糖尿病，因为每张被泪水浸湿的面巾纸被风干后仍是甜的。

　　这本《蓝色日志》，虽为时已晚却让我认识了一个崭新的杨修。而我唯一不能接受的是，杨修说："因为我是蓝色的，所以他才是忧郁的。"他是爱我的，我早应该知道，只是相遇在错误的时间里，迟迟来到。

　　日志里，他亲切地叫我"爱人"。不知私底下他曾背着我练习了多少遍。而我是否爱过他，我不知道，也不想知道。他的一见钟情定格在我天真的八岁，我的一见如故定格在他烂漫的十四岁。我是他用生命在爱着的人，而他却注定了是我遗失的美好。

　　待我的思绪从日志中走出来后，才发现杨杰痛苦地瘫软着靠在墙边，不停地用头触碰墙壁，以为我这个物理白痴连基本的"力的作用是相互的"道理都不知道。

　　我很想上前阻止他，哪怕只是像哥们儿或朋友一样，简单地问句："你疼吗？"可是，我没有。因为此刻，我不可自拔地心系杨修……

　　杨杰悲泣地问我："你早知现在，何必当初？"

　　我忍悲含屈地托着下巴，把问题抛给了他："你若早知现在，又何必当初？"

结果，我们都凄冷地笑了……

窗外，阵雨过后，天空逐渐放晴，湛蓝的蓝天被朵朵白云遮挡得若隐若现。杨杰却泪如雨下地告诉我："哥的胸怀之所以可以像大海一样辽阔，是因为他的定海神针是蓝雪。"

杨杰心痛得呻吟着离开，我却在这间发了霉的房间里整整待了一天一夜，很难相信蓝雪是我，我是蓝色的。这一宿，我出现了无数的幻觉，在昼夜交替中一次又一次地上演各种精神穿越。让我深知：我失去的不是杨修，而是一生惊天动地的"真人秀"；我错过的不是杨杰，而是一场美丽的邂逅。

已往"修"来之一本《蓝色日志》；而今"杰"出之一句"蓝色勿忘我"。漫天飞"雪"之让人情何以堪！

十八岁生日那年的那首《如果再回到从前》在我心间一遍遍地深情演绎着。

如果再回到从前，所有一切重演

我是否会明白生活重点

不怕挫折打击，没有空虚埋怨

让我看得更远

如果再回到从前，还是与你相恋

你是否会在乎永不永远

还是热恋以后，简短说声再见

给我一点空间

我不再轻许诺言

不再为谁而把自己改变

历经生活试验，爱情挫折难免

我依然期待明天

天刚蒙蒙亮，我就接到派出所的电话，说杨杰酒后寻衅滋事，想找我了解情况。从不敢设想，睁开眼后，这竟是我什么都还没看见的明天！

在一墙之隔的看守所里，我们心如刀绞地对望着。我忍不住一遍又一遍地感叹着："我以为你变了，为何还是被冲动所束缚着……"

他百苦难咽却口是心非地呵斥着我："何必跟我文绉绉地讲话，还不如说我是狗改不了吃屎呢。我愿意，我活该，我痛并快乐着！"

我苦不堪言地看着他："那是快乐大于痛苦还是痛苦多过快乐呢？"

他的眼神开始迷离，低头自言自语着："还不都一样，只是一种感觉。"紧接着放声大哭，频频向我诉苦："哥临走前一再地嘱托，你也是我们的家人，他的一切都是你的。我本想卖掉老家的房子，让你跟我到珠海重新来过，却不想发现了我不能接受的。"

杨杰或许是真的不知道，这也是我无法接受的，更是我改变不了却追悔莫及的。难过冲昏了我的头脑，起身跟他道别："珍重你的惨绿年华吧。"

我拖着沉重的步伐已快迈出门口，却听见杨杰在铁窗内声嘶力竭地呼喊着："你是哥相濡以沫的爱人，所以再也不要出现在我的生活里。"

他的话，像是一首可悲可泣的牧歌。的确，我们不宜再相见。一切就是宿命，让我们在哪里相遇，就在哪里离别。谁也不想再打着"亲人"的幌子，行尸走肉地过活。我理应就此照做，滚得远远的。

半个月后，我得知杨杰被判刑三个月。一些故人去探望他后，回来告诉我："杨杰说，他的人生从此就是污垢的颜色，脏的地方是擦不掉的。"也有他的哥们儿，借此扬言要替他报复我，理由是：都是因为我这个肮脏的红颜惹的祸。

杨杰服刑的这三个月，我哪也没去，一直在家陪着母亲。因为我有种预感：是时候该去"流浪"了。

除此之外，我叫嚣似的憋足了劲儿，在等着叫报复的东西来找我，该来的总会来的。我承认：红颜会祸水。但并不是所有女人都是"红颜"，也不是所有红颜都有本事祸水。虽然，我自认为我是红颜，可我这个红颜祸出来的却是一团泥巴。

得知他出狱的日期后，我提前一天去了趟石家庄，虽记忆模糊还是摸索到了昔日杨修曾带我去过的住处。

轻轻地敲了几下房门，杨杰的母亲似乎以为是杨杰回来了，飞快地打开了门。她和多年前我看到她时一样，温文尔雅又面色红润。见我花容失色地提着两袋营养品站在门前，她的眼眶湿润了。或许是因为多年没有语言而对文字的表达产生了生疏感，所以只能不利索地重复着同一句："你是蓝蓝，你回来了……"

她和蔼可亲的神态，让我感觉不是亲人却胜似亲人。对杨修的愧疚，对杨杰的歉疚，一度让我情绪失控。

在客厅稍坐片刻后，我大胆地提出想去看看杨修。这个提议似乎有点冒犯，却是我沉睡多年的夙愿。本以为会勾起她白发人送黑发人的殇情，而她的脸上却流露出欣慰的表情。

在常山陵园，我见到了他。一路上，不知忍住多少次感伤而让滚烫的泪水顺着鼻腔流淌。而见到他时，却没有了任何想哭的欲望。

我将白玫瑰花瓣一片一片地撒在墓碑上，并乞求他的原谅。尽管我并不清楚我到底做错了什么……

他的母亲婆娑地伫立在远处，我回头的瞬间，看见她正在整理两侧的鬓角，尝试着将几根银丝盖住。显然就是一个孤独老人，不想让任何人看见她因久远的牵绊而日渐年老色衰的模样。我急着赶在杨杰被释放前回去，也没来得及帮她梳理下斑白的头发。

一早六点，我带了件棉衣，托人待杨杰出来后拿给他，我则躲在了远处的大树底下。直到七点半，才看见他胡子拉碴地走出来。一帮哥们儿把他拉上出租车后，火速地离开了，只留下了一件棉衣和被风吹落的几片枯叶在地上。

我如落叶般，在他的青春里，践踏了无数个印记。而烙在心里的那个，永远也抹不去。

第二十一章

　　我一直在努力寻找尹颜的足迹，从未放弃。我相信：一个人对另一个人而言，她的存在，在单方面都着特殊的意义。

　　世界上的情感有多种，无须认同，只要尊重。约翰·高尔斯华馁的一句经典语录可以诠释得淋漓尽致：人受到震动有种种不同，有的是在脊椎骨上；有的是在精神上；有的是在道德感受上；而最强烈的、最持久的则是在个人尊严上。

　　枯木逢春的时节，我正只身"流浪"在北京街头，在广阔的天地里寻找一席之地。而我之所以在这里，是因为一个月前有人曾发了一张尹颜三年前在 Instagram 上的截图给我。图片是天安门广场的升旗仪式，下面文字注明：回来的第一件事就是想看着五星红旗冉冉升起。

　　我们不一样。她有梦想，而我却只知道在梦里想。我难以体会，对于追梦的人来说，身在异国他乡，能看见一面五星红旗是有多么的不同凡响。虽为时已晚，我还是很想让她知道：在召唤她的不只是祖国，还有情深一片的我。

　　在这座华灯璀璨的京城里，漂泊奋斗的人很多，逗留守候的或许只有我。还有四个月才能拿到毕业证书，所以也没打算找份像样的工作。

住了几天旅馆后，旅馆老板娘跟我对上了眼，莫名其妙地越看我越顺眼。于是在她的牵线搭桥下，我在一个二手房东那儿，以比市场价便宜一半的价格合租了一个季度的房间。

房子很脏，厕所里蚊蝇到处可见。一起合租的几个女孩从没看见长什么样子，只有半夜才会听见她们开门的声音，偶尔喝得烂醉后跌跌撞撞。

除了睡觉，我从不在这个肮脏的房子里多待一秒。起初每天晚上九点，我都会准时睡觉，凌晨三点起来，抢在围观升旗仪式大批人马的头排。在庄严肃穆的国歌声中，我踮起脚，放亮双眼，在星星点点的人头中挨个辨认，只为了驻留在我豆蔻年华中的那双最美的眼。

或许是实力不济，或许是体力不足，或许是运气因素……在持之以恒了一个月后，我生了一场大病，随之放弃了。

一天上午，我突感不适，开始呕吐。本就脏乱不堪的厕所，被我胃里的"污泥浊水"添油加醋后，更加不堪入目。

对面几个房间的女孩儿听到声响后，统统出动。其中一个身强体壮的背起我就往附近的卫生所跑，还有两个只穿了个小背心就蓬头垢面地跟在后头，五彩的头发干巴巴地打着蝴蝶结。路人像看怪物一样看着她们，活生生地上演了一场街头艺术。

我神志错乱不清地在卫生所里吊水，她们几个帮我垫付了医药费。看着我一大瓶葡萄糖下去后，又沸然地离开。

身体全然恢复后，我觉得自己孤军奋斗的举动太过荒谬，准备打道回府。因连续几天也不见她们回来，便留了八百块钱，压在了客厅的花坛底下，以表谢意。

结果，我刚走到楼下，就跟她们撞了个正着。得知我要走，非拉着我去喝酒。说是相识一场，怎么着也得给我饯行。

在楼下的一家小饭馆里，点了几个小菜，叫了两打啤酒。我本就不胜酒力，便以身体还没痊愈为借口，只喝了半瓶就装作头晕目眩。她们最初还跟我八卦地谈笑风生，喝到一半后便触景生情，开始"声声不惜"，最后喝到烂醉如泥。说是为我饯行，最终却渐行渐远……

我去买单时，老板讶异地问我："你看你，多么清纯的小孩儿，怎么跟她们混在一起？"

我心惊欲狂地看着他："她们？是什么意思？"

老板义愤填膺地在她们背后指指点点着："一看你就个初生牛犊，涉世未深。小心点吧，别给你带坏了。"

我无厘头似的解释道："少见多怪吧，我们只是同租住在一个屋檐下而已。"接着，扔了两百块钱在台面上，拦了辆出租车，迅速离开。

我透过后排座的车窗玻璃，看见她们仍在逍遥地手拉着手，尽情地享受着桌上残留的几罐啤酒。内心是快乐的，在哪都会是快乐的。

我不知道，我当时为何要跟小饭馆的老板去解释什么，难道极力地跟她们撇清关系就能说明我是干净的？别人怎么认为，真的有那么重要吗？

不是所有人都有资本去选择那些光鲜亮丽的职业，芸芸众生，机会的质和量却是相反的。在这座菜市场一样的京城，总会有人身不由己地像烂白菜一样堕落。在每一条川流不息的长街，总会有人为了刺眼的阳光而躲在黑暗的角落。不管她们在做什么职业，不管她们选择何种生活，在人性的本质上，我们都是平等的。

我始终乐观地相信：人之初，性本善。饭馆老板或许只看到了她们被风花雪月伪装了的表面，却没人看到，在我最无助时，她们背地里全心全力并慷慨解囊的瞬间。

去火车站的路上，恰巧又经过天安门广场，正赶上当天的降旗仪式，心里酸酸的，正如我此刻浑身上下所散发的味道……

离开京城后，我又经停在沈阳。虽没看过《厚黑学》，行为却把其精髓描绘得浓墨重彩。

我厚颜无耻地辗转到尹颜家门口，发现年前我贴在门上的字条还在。我把它取下来，并开始琢磨它怎么会耐得住风吹日晒时，门被打开了。

一个四十几岁的中年妇女，梳了条麻花辫子，翘了个兰花指，手里拿了个老年人跳舞时用的外挂机，里面却播放着刘德华的肉麻情歌，玻璃球大小的眼珠子，三百六十度地旋转着打量着我。我一度以为，我遇到了变态，浑身上下都是鸡皮疙瘩，撒腿就跑。一路慌里慌张地落荒而逃，手里的字条也不知掉在了哪里，也没敢回去沿路找找。

第二天一早，不知是否是晚上睡得太好，昨天的惊扰早就抛到九霄云外去了，我又恬不知耻地来到了尹颜家门口。也许是北京回来后，大病刚刚初愈所以记忆力不太好，昨天贴在门上的字条明明被我拿下了，今天却又完好地复位在老地方。

我静悄悄地，没敢轻举妄动。把脸贴在了门上，想听听里面的动静。不料，大门没上锁，一不留神，摔了个狗吃屎。里面，正在看电视的中年妇女听到声音后，连忙跑出来。见状，我顾不得全身上下火辣辣的疼，一瘸一拐地往外跑。那中年妇女一路小碎步地跟在我身后，大叫着："等的就是你，赶紧给我回来，别跑……"简直吓得我屁滚尿流，直到跑到大马路上，双腿还在瑟瑟发抖。

连续两天中邪似的遭遇，并没有打消我努力寻找的念头，反而刺激我加快了暗中摸索的步调。我不断地告诉自己：这一定是好事多磨的预兆。

第三天，我再次憋足了劲儿，出现在尹颜家门口。去的路上，我亢奋地自我激励着：这次说什么也不能跑。

可是，当我在门口再次看见那个发春似的妇女，守株待兔般拿了个扫把左顾右盼的时候，还是吓出一身冷汗，紧接着打了好几个寒战。她身着红绿交加的大花衣，胸前肥胖的赘肉，抖动又性感地做着运动，简直让同是女人的我黯然销魂。

我走火入魔般主动吸引了她的视线，虽胆战心寒还是彬彬有礼地问："您好阿姨，我叫蓝雪。请问这是尹颜的家吗？"

她突然起身，然后五官僵硬，脸色剧变。吓得我毛发倒竖，噤若寒蝉。倒退了两步后，连忙改口："不……阿姨，是姐姐，我早晨饭吃多了，吃饱了撑着了，脑筋不太好。"

见我栗栗危惧又三魂出窍的样子，她猛然大笑，口水在我脸上四溅。我上手一摸，竟在眼皮上摸到半个未嚼碎的玉米粒。感觉她貌似精神失常，不得已掉头就跑。

谁知她拿起扫把，穷追不舍。那势在必得的架势让我在巷子里抱头鼠窜。随之她喊了句："这是尹颜的家，你这孩子怎么回回看见我就跑啊，我这老胳膊老腿的，哪能追上你。"

我当即悬崖勒马，驻足而立。见我止步不前，她气喘吁吁地一屁股坐在地上，上气不接下气地边喊边比画着："你到底怕我啥？快点过来。"

我心想：都什么年代了，东北的城市里还有如此不加修饰的农村妇女吗？真是物以稀为贵啊。我往前走了几步后，发现不对，当即停住，跟她讨价还价起来："你把扫把扔一边，我就过去。"

她挥手往身后一撇，然后咧嘴就笑，露出几颗硕大的大黄牙。我的确有些嫌弃，所以走过去后，刻意跟她保持了一段安全距离。她盘着腿儿，一巴掌拍打在自个儿的大腿根上，叹着气："第一次看见你时，打眼一看就知道是你，想跟你说句话真不容易，你老跑啥啊？"

我惊讶地问："你认识我？"

她笑得更夸张了，大嗓门子冲我嚷嚷着："你刚才不是告诉我你叫蓝雪嘛……"

搞了半天，是我刚才说漏了嘴才知道的。按次数算起，这明明是看见我的第三眼了吧。懒得跟她较真儿，直接进入正题："你那门上的字条是我贴的，我来找尹颜的。"

她遂即张牙舞爪起来："你再去看看，那字条明明是我写的，每天贴一张，都贴了快一年了，怎么就成你的了？"

我摸不着头脑地走到门口，她也麻利地起身跟了过来。我把字条拿下来仔细一看，才发现字迹不对，且上面没一个字，就连电话号码也不是我的。不好意思地问她："大姐，你是尹颜什么人啊？"

她抿嘴笑着："这孩子，叫阿姨多好啊，咋又叫上大姐了，多难听啊。这房子租给我了，房东每个月给我一百块钱，让我每天在门上贴个条。嘱咐我，要是有一个叫蓝雪的女孩来找尹颜，就打字条上的电话。你可来了，我天天等啊，都闹心死了。"

我把纸条往裤兜里一塞，快步流星地往马路上走。她站在大门口再次对我大呼小叫着："你说你，为啥一看见我就跑呢？"我也没敢回头，心里暗笑着："谁让你魅力无限呢，天天照镜子，镜子没告诉你吗……"

折腾了几天后，总算有了一个像样的结果。离开那后，找了个奶茶店，坐了下来。按照字条上的电话号码拨了过去。

蓝：你好，我是蓝雪。

某：我在忙着，你过来，我在花鸟市场呢，我把地址发给你，找不着再打我电话。

在路边的快餐店，随便吃了点东西后，打了个出租车到了花鸟市场。在二楼，一个卖热带鱼的小店里，一个皮肤白皙的女孩儿对我挥着手。

我起劲儿地介绍起自己："我叫蓝雪，尹颜是我最好的朋友，也是唯一的朋友。你是她什么人吗？"

她一边给鱼缸里的鱼换水草，一边低头暖暖地笑着："我知道你，我们见过。在家门口，你忘了吗？我叫尹姿，是尹颜的妹妹。"

她的樱桃小嘴儿，让我恍然大悟。不禁迫切地追问："颜颜在哪里？她知道我一直在找她吗？她还怪我吗？"

她熟练地在鱼堆儿里忙活着，不知是没听见我在说什么，还是不想回答我，叫我过来后，又把我冷落在一旁。我套近乎，贴了过去，看着鱼缸里大眼睛的热带鱼展开了话题："你很喜欢鱼吗？这个大眼睛的鱼叫什么？跟你一样漂亮。"

她害羞地神情忸怩："你也很漂亮，跟姐姐一样漂亮。"说罢，来了几个顾客要买鱼，她便忙得热火朝天地帮着推荐起来。

我的到来，似乎给她带来了仙气儿。整个一层都是卖鱼的，人却都聚堆儿在她这里。我站在一旁，整整四个小时，从未中断过。

下午五点，我腰酸背疼难忍，不禁问她："小姿，饿吗？我们去吃饭吧。"

她冲我笑了笑，拿了把钥匙就拉着我往楼下走。我看见马路对面一家川菜馆不错，想带她换个口味。她却不理不睬的，坚持要回家做饭给我吃。

在离花鸟市场不远的一幢二层小楼里，整整一层都被她租了下来。房子宽敞明亮，却堆满了大大小小的纸壳箱。她说，这些都是父亲做生意用的材料，偶尔父亲会回来搬掉一些。

我看着她做饭时熟练的动作，内心像被炉火灼热一样，干柴烈火般一阵阵地燃烧着。我起身，想去帮着打打下手，打探地问："小姿，爸爸回来一起吃饭吗？"

她沉默了会后，忸怩地告诉我："爸爸又结婚了，我自己

195

住。"而后，对我会心一笑。一种惺惺相惜的感觉瞬间涌上我心头。

看着她精心为我烹饪的两菜一汤，我迟迟没有开口提及尹颜的名字，怕破坏了菜肴原汁原味的味道。她却眉毛一挑，挤眉弄眼地问我："我做的好吃还是姐姐做的好？"

一刹那，眼泪不可控制地顺着眼角滴答滴答地落下。饭碗里，全部都是泪水的味道。我直勾勾地看着，顺口而出："你姐姐做的咸泡饭很好……"

看我的情绪波动如此之大，她转移了话题，随即告诉我："爸爸一直想生一个龙颜凤姿的儿子，不料却生了两个丫头片子。所以才给姐姐起名为颜，给我起名为姿。"

听后，我则更加按捺不住自己压抑的情绪，问她："你一直在找我？因为颜颜对吗？"

她像是谈虎色变似的，目光犀利地看着我："你之前留在字条上的电话号码，少写了一个数字，后来我又跟爸爸搬家了，所以……"

我幡然悔悟，紧接着连连追问："那是颜颜让你帮她找我的是吗？"

她却转身向隅而泣，抽抽噎噎地摇着头："她只是让我帮她转达你，你是她醉爱的最爱的人。"

或许，是她突然激动的情绪间接地波及我。或许，是我被她的话感今怀昔，泣不可抑，我不寒而栗地问："颜颜现在在哪里？"

见我声泪俱下，她则平静了很多，淡淡地告诉我："姐姐得了骨癌，两年前在首尔去世了。"

这一刻，我没有了任何知觉。眼前的一切都是黑色的……只感觉小姿好像一直在耳边叫我，我却听不见她在说什么。

两个月后，我回学校去拿毕业证书，途经桃仙机场。在候机大厅的角落里，一对情侣在为琐事争执不已。吵闹一会后，女孩子把登机牌狠狠地摔在男孩子脸上，拂袖而去。男孩子随之在身后紧追，一把将女孩搂在怀里，相拥而泣。

这场景很熟悉，不知勾起我多少声叹息。看着他们，我的脸颊滚烫，甚至摸一摸，仍有疼痛感。

飞机上，看着窗外的蓝天白云，鲜明的色彩是我肉眼看不见的纯净，让我触目惊心。身旁的阿姨好心安慰我："遇到不顺心的事了吗？想开些，总会有拨云见日的一天。"

听后，我涕泗交颐。人生就是不断地失去所爱，我是多么希望有人能再给我一记响亮的耳光。我一定会前仆后继，做一个醉爱的最爱的人。

第二十二章

听说：忘不掉一个人有两种原因。

1. 时间不够长。

2. 新欢不够好。

那如果同时忘不掉很多人呢？我讨厌"被听说"，受不了不曾经历过就妄自菲薄的定义。

谁也无法从标满阿拉伯数字的长尺里找到属于自己生命长度的位置。如果把所有未知的时间都用来忘记，只会折损生命的长度，忽略了生命的宽度。如果把所有有限的精力都用来寻找一个替代品，只会变得更加的挑剔，今天的新欢迟早将是明日的旧爱。

回首往昔，每次都是暴风雨。缅怀过去，伤心如雨滴。但引首以望，脚趾仍离不开地。所以，对于过去，我从不想忘记。无论是否美好，都是我所经历的。

记忆是不可磨灭的。我不相信一个思维正常的人能够做到忘记过去。而记忆中的每一个人都是一件艺术品，有些近乎完美，它不一定属于你；有些略带瑕疵，或许才是你残缺的美丽；个别你认为雕琢失败的，可能是别人眼里的宝贝。即便你把它摔坏了，物品不在了，感觉却永远存在。

两年后，我带着一种熟视无睹的感觉，踏上了心灵的归途。登机前，一直没联系过的小姿电话我。

姿：我结婚了，祝福我吧。

蓝：新婚快乐，怎么不早点告诉我？

姿：因为我要开始新的生活啊，我马上会换个电话号码。

蓝：好啊，记得告诉我。

姿：可是我不想。我可以忘记你吗？

蓝：我不会再联系你，只要你能做到。

姿：我有一个问题想问你。你是姐姐醉爱的最爱的人，那尹颜是蓝雪醉爱的最爱的人吗？

蓝：我正在路上，这是秘密。

登机后，在把手机关机前，我删掉了小姿的电话号码。我本想替颜颜好好照顾她，而在她的幸福生活里，却不应有我。

两个小时后，我抵达仁川国际机场。走出到达大厅，显著的温带季风气候迎面而来。

停车场，一个高高瘦瘦的大男孩儿热情地帮我把旅行箱放进后备厢。之后，用一口流利的中文惊讶地问我："你的箱子怎么没分量，里面都放了什么？"

我如释重负地笑着他："怎么可能，很轻吗？我一路过来都重死了。"

男孩叫文景，是尹颜在首尔的同学。我经过多方打听，才联系上他。得知我的来意后，他自愿当起了我只有两天短暂之旅的向导。

首尔大学，是我的第一站。从踏进其颇具特色的大门的那一刻，我开始脚下生风，似乎身体比棉花还轻盈。文景并没有像浪漫韩剧的男主角一样对初来乍到的美女呵护备至，而是像个长者，相敬如宾地一马当先。

我则走马观花地紧随其后，享受着云淡风轻，又不得不嫣然一笑以示"人间重晚情"。我感同身受地行走在尹颜曾驻足的土地，似乎空气里也能嗅到她体内的香气。兼程并进后，我像失散的小鸟一样栖息在草木葱茏，支开了文景，感受起独居的失意。

文景以为我累了，没过多久就硬拉着我去吃晚饭。看了看时间才下午四点，我也只不过待了一个小时不到，却感觉分秒如年。

街边的一间小店里，跟环境很不搭调地放着韩式抒情歌曲。在此，我终于吃上了尹颜曾在信中馋得我满地找牙的炒年糕和石锅拌饭。文景却还在好奇我的旅行箱，心事重重地啃着辣白菜（泡菜）。

趁我拿手机拍照留念之际，文景去吧台不知在用韩语跟老板交流着什么。大概一分钟后，音箱里播放起了中文歌曲，前奏刚刚响起，我就梨花带雨地把妆容哭花。

　　我来到你的城市
　　走过你来时的路
　　想象着没我的日子
　　你是怎样的孤独
　　拿着你给的照片
　　熟悉的那一条街

只是没了你的画面

我们回不到那天

你会不会忽然地出现

在街角的咖啡店

我会带着笑脸挥手寒暄

和你坐着聊聊天

我多么想和你见一面

看看你最近改变

不再去说从前只是寒暄

对你说一句只是说一句

好久不见

　　只听了一半，我就不可自控地推搡着文景说："我想回酒店住下了，明天一早再来接我去 N 南山塔。"

　　晚上八点，我正在酒店十六层房间的窗边，对撩人的夜色放情丘壑，文景因下午吃饭时的无心之过而感到于心不安，带了满满一大塑料袋的零食前来看我。

　　我蓬头跣足的样子给他造成了强烈的视觉冲击，他非要强行到我的旅行箱里找件能替换的衣服。见他正往我放旅行箱的柜子那走，我连忙含蓄地解释："女人的东西，男人不要乱碰。我们中国人喜欢自己动手，丰衣足食。"

　　我的好言相劝并没有阻挡他前进的步伐，他反而风度翩翩地告诉我："你们中国人不是也喜欢男人做女人的奴仆吗？你不是说箱子太重吗？那我先帮你搬下来，你再自己动手。"

　　见他马上要触碰到我已打开了一半的旅行箱，情急之下，我拿起床上的枕头照他的后背打了过去，不料却打到他的头。惹得他只能用力地踢着滑落在地的枕头解气，郁闷地抱怨着："我妈要知道我被打了肯定特心疼，我朋友要看到我现在的样子肯定笑话我。幸好没女朋友，要不然糗死了。"

　　我特别无语地看着他，一个软绵绵的枕头而已，至于吗？中国好男儿这么多，韩国男人怎么偏爱学唐僧呢？唐僧你在韩国这么红，《西游记》里的妖孽都知道吗？

　　我只能自认理亏，不再说话。他却得寸进尺，整整在我耳边碎碎念了一个小时。我被逼无奈给他上思想政治课："唐僧有没有告诉过你，女人如妖孽，都是善变的？亲情、友情、爱情再重要，也没有心情重要。你知道现在怎么做了？"

　　文景愣了半天，然后逃命似的，离开了我的房间。我以为他生气了，我们的口头合约理应到一段落。

　　第二天一早，他还是不计前嫌地出现在酒店大堂，神采飞扬地帮我拿着早餐。见我的第一句话竟然是："我昨天想了一个晚上，唐僧是中国的吉祥物吗？"

　　一言既出，简直震惊全世界。原来福娃跟唐僧是同一级别的……

　　驱车半个小时后，我们到达了首尔的 N 南山塔。我独自提着旅行箱，文景则望而生畏地不敢靠近一步。文景打算去买票，让我去展望台看风景，却被我及时拦下。我指着手中的旅行箱告诉他："最美的风景在这里，它才是我来这儿的意义。"

　　我俯身打开了随行一路的旅行箱，文景脸色煞白地看着我：

"你一直说它很重，我就说很轻嘛，感觉里面什么都没有，原来真的是空的。"

显然，此刻我在文景眼中，就是个神经病。我却不想跟他多解释什么，毕竟我本身也是来此治病的。

这个箱子是有形的，所装载的东西却是无形的。对我来说它的确很重，一路过来，压得我呼吸难耐。文景定义为我疯了，因为他什么也没看见。而打开它的这一刻，我的心病却好了。因为它装满了我在祖国对尹颜满满的愧疚和思念。

在对我和尹颜都有着"全新"含义的南山塔下，我用自己的方式安放了过去。我深信：总有一天，尹颜会伸出双手，收回她留给我所有的眷恋。

午饭后，文景坚持要到机场为我送行，被我婉拒。我把旅行箱送给了他，留作纪念，并承诺："回国后，定寄一本中国的四大名著之一《西游记》给你。"文景却说："你是我遇到过最怪的最可爱的中国女人。"

首尔回来后，我直接去了石家庄。在常山陵园，我想再看杨修最后一次，依旧是白色玫瑰……

离开时，在陵园门口，一部抢眼的跑车停在那儿。一个年长的老女人亲亲热热地挽着一个年轻帅气的小伙儿，我不敢相信自己的眼睛：杨杰，是你吗？

人生是五味俱全的。伊然是甜的，童琳是咸的，杨修是酸的，杨杰是辣的，尹颜是苦的。而我却是蓝色的，孤独的颜色……

当一段记忆已有结尾的时候，便注定了过程是失意的。多年后，再回到叫"故乡"的这片故土，昔日的我们都在经历着不同的生活和事物。

再回首，早已忽略了时常挂在嘴边的叮咛和玩笑。因不喜欢解释，所以错过了很多……

我一路追寻，只因为心灵深处的孤寂是无人能够体会的。而我却自私地爱着这种清高的感觉……

生命中，每一个相遇的人，都是过客。但是，没有几个能耐得住日积月累的磨合而停留得更久些。毕竟，在一直追寻自我的路上，我是在深深怀念的。不是别人，而是每一个人……

人生仿佛槐南一梦，每个人都有一段不一样的故事，却有着相同的名字，叫作"曾经"。无论故事的情节如何，我都是幸运的、无怨的。因为，我把最好的年华留给了自己……